Sonya
ソーニャ文庫

死に戻り魔法使いの無垢な求愛

八巻にのは

JN131525

イースト・プレス

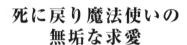

contents

プロローグ

偉大な魔法使いと呼ばれたその男は、初めて〝死〟を感じていた。

長く美しい銀の髪に隠れた顔は生気をなくし、凍《い》てついた星のようだと言われた瞳はくすんでいく。

己の肉体が崩壊し、魂《たましい》もが消えていく様は激しい痛みを伴ったが、彼はそっと微笑んだ。

待ちに待った瞬間は、彼にとって想像よりもずっと甘美だったのだ。

（彼女と出会う前なら、ためらいもなくこれを受け入れられただろうな）

けれどその笑みに、ふと寂《さび》しげな影がよぎる。

「あなたでも、死を恐れるのか？」

問いかけを口にしたのは、男を『師』と呼ぶ弟子の一人だった。

男の肉体を砕き〝死〟をもたらす魔法を共に生み出した相手でもある。

「恐れはない。人が望むなら〝死〟を受け入れる。それが定めだ」

そう、ずっと前から彼はこの瞬間を望まれてきた。

そもそも彼は、生まれてきてはならなかった。

故に彼は多くの人に疎《うと》まれ死を望まれてきたのだ。

「それに俺は『望み』を抱《いだ》いた。だからこれは、受け入れるべきものだ」

男は何かを願ってはいけなかった。求めてもいけなかった。

なのにその禁忌を、彼は犯した。

そのきっかけとなる少女のことを思い浮かべながら、男は灰のように崩れ落ちていく肉体を見つめる。

寂しがり屋の少女は、彼にとって宝だった。

何かに執着したことのなかった男が、唯一側に置きたいと願った存在だった。

彼女もまたそれを望んでくれていたが、男の不完全さがそれを許さなかったのだ。


(彼女に――ステラに会いたい)


禁忌とされる願いをまた一つ増やしながら、男はゆっくりと目を閉じる。

そうしていると、再び愛おしい少女の顔が浮かんだ。

己が崩壊していくのを感じながら、男はあの少女にふさわしい存在になりたいと願わずにはいられなかった。

今度こそあの子と永遠に一緒にいられるように、あの子が自分だけを見つめてくれるようにと、そこでまた願いが増える。

（……願い、か）

それもまた男には縁遠いものだったはずなのに、彼女と出会ってからはいつも何かを願っている。

増えた願いは〝死〟を引き寄せたが、今はもう後悔はない。

（あの子にふさわしい、完璧な存在になりたい）

身も心も欠陥だらけの己を捨て、新しく生まれ変わりたい。

そうして自分は――


（――自分は、彼女と……どうなりたいのだろう）


新しい願いが生まれかけたが、欠陥だらけの彼は願いの子細《しさい》さえ攫《つか》み取れない。

そうしている間にも男の存在は薄れ〝死〟が訪れる。

叶わぬ願いと少女との思い出を抱いたまま、男は静かにこの世から消えた。

偉大な魔法使い『ウェルナー＝カマル＝デイン』
そう呼ばれた一人の男は、その日世界から消えたのだ。

第一章

——星の守り手である偉大な魔法使いが死んだ。

その知らせに世界中の人々が驚きと悲しみにくれるさなか、彼の末の弟子『ステラ』は一人地の果てを歩いていた。

切り立った崖と凍えるような海が広がるその場所は、今は滅んだ古代文明の遺跡ばかりが並ぶ不毛の地である。

常に強い風が吹き抜け、フード付きのローブが飛びそうになる。

群青色のローブと、首元で揺れる紺色のタイは偉大な魔法使いウェルナーの弟子にだけ与えられる特別なものだ。少しでも師との繋がりを減らしたくなくて、ステラは師から与えられた服でここまで来たが、この風では逆に足を取られてしまう。

それでも必死に前へと進むが、更に強い風にフードが外れ、彼女のくすんだ茜色《あかね》の髪が風に弄《もてあそ》ばれる。

乱れる髪の下から覗くのは、痩《や》せ細った少女の不安げな顔だ。

地の果てと呼ばれるこの土地には人の往来がなく、三日前に馬車を降りてから誰ともすれ違っていない。崖に打ち付ける波の音と海鳥の声だけが響く荒野は、孤独を絵に描いたようだった。

寒々しい景色はまるで自分の心のようで、冷たい海を見ていると時折ステラの頬《ほお》を涙が伝う。そのたびに懐《ふところ》から古びた鍵を取り出し、震える手でぎゅっと握りしめた。

それは、師がステラに残してくれた唯一のものだ。

一ヶ月前、ウェルナーは魔法の実験中に事故で亡《な》くなった。

彼は以前から、特殊な破壊魔法の創造に執念を燃やしていて、その完成間近の出来事だったそうだ。

暴走した魔法に巻き込まれた師は消失。残されたのは身体の一部と弟子たちに向けた遺書だけだった。

弟子たちの多くはウェルナーの死を淡々と受け入れ、葬儀でも悲しい顔を見せている者はいなかった。

たった一人、涙を流しその場に頽《くずお》れたのはステラだけだった。

常に笑顔を絶やさず、人前で泣くことのなかったステラが初めて見せた涙に、多くの弟子たちは驚いていた。とはいえ慰めてくれたのは仲のいい姉弟子だけで、中には白い目を向けてくる者もいた。

元々ステラは弟子の中でも魔力が低く、周りから馬鹿にされがちだったのだ。

師に拾われて以来、彼の世話係として重宝されていたけれど、それを面白く思わない者も多かったのだろう。能力のない身でウェルナーの世話役を任されるなんてと、面と向かって言われたこともある。

そのたびに「俺はステラがいい」とかばってくれたのはウェルナーだった。

実際、彼の世話はステラ以外には務まらなかっただろう。

ウェルナーは膨大《ぼうだい》な魔力を有し、人を超越しているところがあるせいか、人間らしい生活を送るのが苦手なようだった。

魔法の研究を始めると風呂や睡眠をすぐに忘れ、食事をとらずとも数ヶ月は平気で動き回れてしまう。無理をしすぎて倒れても、一日寝ればすぐに復活できてしまうのだ。

また思考も独特で、弟子たちでさえ彼が何を考えているかよくわからなかった。会話に脈略がなく、思ったことをすぐ口にするため、彼の話についていくのは至難の業《わざ》。一番付き合いの長い一番弟子のアティックでさえ、『今日の師は言っていることがさっぱりわからん』と匙《さじ》を投げるほどである。

表情も常に凪《な》いでいるため、感情が読み取りにくいのだ。

だがステラは不思議と、ウェルナーの考えていることや感情が読み取れた。全てではないが、なんとなく喜怒哀楽が感じられるため、彼女はウェルナーの扱いも上手かった。

機嫌を取り、根を詰めすぎたときは上手く仕事を切り上げさせ、食事を取らせ風呂に放り込むのもお手の物だったのである。

今まで多くの弟子たちも師をまっとうにしようと試みてきたようだが、ステラほど上手く扱えた者はいなかった。

だから魔法の才能がないにもかかわらず、ウェルナーが人並みの生活を送れるよう世話ができるようにと、ウェルナーの側に置かれていたのである。

ウェルナーも、そんなステラを可愛《かわい》がってくれていたように思う。

普段はろくに笑わない師が、自分にだけはそっと微笑《ほほえ》んでくれた。

時折贈り物をしてくれたり、発明したばかりの魔道具を誰よりも先に見せてくれた。

そういう小さな特別が積み重なり、ステラは師として敬愛するだけでなく、彼を異性としても愛していた。

それを伝える気はなかったけれど、かといってこの想いが死によって突然引き裂かれてしまうとも思っていなかった。

（こんなことなら、せめて好きだと言っておけばよかった……）

今更の後悔と共に、ステラは歩みを重ねていく。

そのまま何時間も歩き続けると、ようやく目的の地が見えてきた。

崖の上に建つのは、ウェルナーの古い庵《いおり》だ。

かつて師が魔法の研究のために使っていた庵は、半ば朽ちていて廃墟も同然だ。

他の弟子たちが遺産として引き継いだ魔導書や、彼が生み出した魔道具と比べると最も価値がないものである。

でもウェルナーは、あえて名指しで『ステラに庵を』と遺書に記した。他の弟子たちについては『好きに分配しろ』と書かれていたのに、師は自分の名前だけ書いてくれたのだ。

それが嬉しくて、ステラは庵の鍵を受け取った。

ウェルナーのくれた庵で彼の死を悼《いた》みながら、一人で暮らそうと決めたのである。

（……でも、何かが変だわ……）

遠くに見えてきた庵に、覚えたのは違和感だ。距離が近づくにつれ、違和感は驚きに変わる。

「なに……これ……」

小さな部屋が二つあるだけの質素な庵だったはずなのに、目の前にあるのは二階建ての巨大なお屋敷である。場所を間違えたのかと焦《あせ》るが、建物以外の景色には見覚えがある。

切り立った崖の形も、近くにある目印の大岩もそのままだ。

（もしかして、師匠が事前に改築してくれていたのかしら？）

ウェルナーは物質の質量さえも変えてしまう改変魔法も得意としていたし、あり得ない話ではない。

恐る恐る屋敷の扉に鍵を差し込めば、カチリと鍵が開く。

やはりここは師の庵だと確信し、そっと中を覗いてみようとした瞬間、内側から勢いよく扉が開いた。

「ああ、ようやく来たか」

突然のことによろければ、誰かがステラの腕を掴む。

「お前は、本当にそそっかしいな」

その言葉は、師がよく口にしていたものだ。

まさかという期待を持って腕を掴む者へと目を向けると、そこにいたのは師のウェルナーによく似た少年だった。

「……し、師匠に隠し子!?」

思わずこぼれた言葉に、少年は小さく微笑んだ。

「お前が気づかないということは、俺の魔法は上手くいったと見える」

ささやかなその笑顔は、ステラが愛した師のものに似すぎていた。

「……師匠は事故で死んだって……」

「あれは偽装だ。なかなかな骨が折れたが、変異魔法も上手くいったし苦労の甲斐はあったな」

ちょっと得意げな声はウェルナーのものとしか思えず、ステラは思わずその場に頽れた。

「師匠が生きていたなんて……」

戸惑いと喜びに涙がこぼれそうになるステラの側にウェルナーはしゃがみ、不思議そうな表情で顔を覗き込んでくる。

「なぜ泣く？」

「だってあなたが死んだと思っていたんですよ！」

「悲しんでくれたのか？」

「当たり前です！　だって私は、師匠のことが……」

好き――という言葉がうっかりこぼれかけた瞬間、小さな身体がステラを抱きしめる。

「悲しませてすまない。だがどうしても、俺にはこの身体を……子供に変異させる必要があったのだ」

彼は、大真面目な顔でステラを見つめた。

「さあステラ、俺の身体を抱き上げろ」

「……へ？　だ、抱き上げろ？」

早く早くと急かす眼差しに、ステラは慌てて子供になった師を抱き上げる。

五歳くらいにしか見えない彼は驚くほど軽かった。

なんだか壊れ物でも抱《かか》えている気持ちになり、落とさないようぎゅっと抱きしめるとウェルナーが破顔する。

滅多に笑わない彼からは想像もつかない、幸せそうな笑顔だった。

「うむ、やはり抱っこというのはいいものだな！」

その可愛らしさに見とれかけ、ステラははっと我に返る。

（いや待って、意味がわからないんだけど……!?）

死んだと思った最愛の師に、なぜか抱っこをねだられ喜ばれている。

元々意味不明なことをしでかすウェルナーだったが、こんなにも突飛なことをしたのは初めてでさすがのステラも理解が追いつかない。

「あと、ほっぺにキスもしろ」

「キ、キス!?」

「母親は、子供によくするだろう」

「ま、待ってください！　母親って!?」

「お前だステラ。今日から、お前は俺の母親になれ」

そのためにここに呼んだと言い放つウェルナーに、ステラは啞然とする。

「俺はお前と二人で、親子として暮らしたかったのだ。だから自由を手に入れるため、全

てを捨てた」

「……う、嘘《うそ》……ですよね？」

「嘘なものか。実際、葬儀もしたのだろう？」

「しました」

「つまり魔法使いウェルナーは死んだ。今日から、俺はお前の息子だ」

さあキスをしろと迫るウェルナーに、ステラは自分の初恋がとんでもない理由で終わってしまったことを悟ったのだった。

◇◇◇　◇◇◇

「ステラ、眠いから抱っこしろ」

「もうっ、ベッドに行くときくらい一人で行ってくださいよ」

「いやだ、抱っこがいい」

三百歳越えの偉大な魔法使いが、そう言ってステラにぐっと両腕を伸ばしている。

魔法で五歳児になった師は相変わらず感情が顔に出ていない。

それでもちっちゃな容姿はあまりに愛らしくて、結局拒むことはできなかった。

「師匠、さっきもお昼寝したじゃないですか」

「子供の身体はすぐ眠くなるのだ。それに死の偽装と変異魔法のせいで魔力が枯渇《こかつ》してしまったから、今は燃費が悪い」

言いながらウェルナーはステラの肩に頬をグリグリ押し当ててくる。

その仕草《しぐさ》は可愛い。可愛いが、だがしかし、ステラは複雑だった。

(母親になれって言葉、本気だったんだなぁ)

子供になった師と再会して、もうすぐ二ヶ月になる。

最初は何かの気まぐれか冗談かと思ったが、どうやら師は本気だったらしい。

すっかり子供っぷりが板につき、時折ではあるが無表情な顔に愛らしい笑顔が浮かぶことさえある。その顔は凶悪なほど可愛いらしく、そういうときに限って『抱っこ』や『キス』をねだってくるのである。

師が望むならその願いを叶えたいという気持ちはステラにもある。

だが求められているのは母親だと思うと、どうにも悩ましい。

(恋を実らせたいとは思ってなかったけど、この関係は想定外すぎる)

師の面倒を見るという点では以前と変わらないし、頼られるのは嬉しい。

だがウェルナーの甘え方には、どうしても複雑な気持ちになってしまう。

「ステラも、一緒にお昼寝しよう」

「だめですよ。そろそろ食材の買い出しに行かないと」

「子供を一人で放っておくのか？」

「あなた、中身はもう大人でしょう……」

むしろウェルナーは、ステラよりものすごく年上である。

人間の寿命は、魔力の量に比例している。魔力が多ければ老化しにくく長生きする傾向にあり、それ故無尽蔵《むじんぞう》とも言える魔力を持つウェルナーは長寿なのだ。

本人すら正確な年齢を覚えていないらしく、世に広まっている三百歳という年齢も歴史書の記載から逆算した結果だ。添い寝しろとぶーたれている姿からは全く想像できないが、ウェルナーは歴史に名を残す救世主なのである。

彼の名が初めて歴史に登場したのは、今から三百年前のこと。

ステラたちが住む『ナディ』というこの星は『星降る大地』とも呼ばれ、流れる星々の通り道に位置している。そのため、ナディに引き寄せられた星が厄災《やくさい》となって降り注ぐことがあり、そのたびに多くの命と国が消えていった。

しかしあるとき、どこからともなく現れたウェルナーが厄災を退けたのだ。歴史書によれば、彼は軽く腕を振るだけで降り注ぐ星々を塵《ちり》にしたという。

そんな彼を、人々は救世主と呼んだ。

厄災から守ってほしいと願う人々のため、ウェルナーは魔法防壁を空に張り巡らせたのだ。以来三百年、多くの星々は地上に到達する前に砕《くだ》け、大きな災いが訪れることはなくなった。

　更にウェルナーは、世界の発展のために自らが持つ魔法の知識を広める学び舎《まなびや》を作った。

　彼が歴史に登場する前から魔法は一般的なものだったが、その理論については詳しく解明されていなかった。しかしウェルナーは難解な理論を説き明かし、なおかつ魔力があれば誰でも使える補助装置を開発したのである。

　そもそも魔法とは、体内に持つ魔力と大気中にある魔力を掛け合わせた時に起きる事象を指す。

　たとえば炎の因子を持つ魔力同士をぶつければ火が生まれ、水の因子を持つ魔力同士をぶつければ水が生まれるといった具合だ。

　また人の身の内に流れる魔力には個体差があり、火や水など特定の因子を強く持つ者もいれば、逆に特定の因子を持たない者もいる。

　そうした違いによって、人々はそれぞれ得意とする魔法が変わるのだ。

　ウェルナーが作り出した補助装置は体内にある魔力を指先に出現させ、魔力量や種類を調整できる。更には大気中の魔力を可視化する機能も備わっており、これを着けてさえいれば軽く指を振るだけで『魔法』を発動させることが可能になるのだ。

　とはいえ難度の高い魔法となると、ただ指を振るだけでは発動しない場合もある。補助装置のおかげで多くの人々が気軽に魔法を使えるようになったものの、魔法を生み出す因子の種類は見つかっているだけでも百を越えるからだ。それを見分けて覚えるだけでも一苦労なうえに、魔力量や掛け合わせる因子の数を変えることで、魔法の効果と発動条件は無限に広がっていく。

魔法を極めるには多くの知識が必要で、それを学べるウェルナーの学び舎には多くの者が集《つど》った。彼に師事する者はどんどん数が増え、現在では『魔法院』と呼ばれている。

魔法院では日夜新しい魔法や、それを用いた画期的な道具が生み出されている。

魔法を動力とした発電機や乗り物、遠くに人や物を送る魔法転移技術など、魔法院での発明と研究は世界のあり方をがらりと変え、大きく発展させたのである。

三百年の間に魔法院は学び舎から都市へと規模を広げ、世界の英知と学者が集まる場所となり、いつしか都市は『学問都市エデン』と呼ばれるようになっていた。

今やエデンは、一国家と同等の地位と権力を持つほどの都市である。

統治者は一応ウェルナーとなっているが、研究に集中したいという彼の要望を叶えるため、都市と魔法院の管理・運営をしているのはウェルナーの弟子たちだ。三百人を超える弟子の中でも、ひときわ賢い百人がエデンの管理を任されている。

一方ステラは、ウェルナーの弟子であるが末席だ。魔力の量も少なく、補助装置を用いてもなお初歩的な魔法さえ使えないステラは、本来なら弟子になる資格を持っていない。

ウェルナーの弟子になれるのは、魔法学の試験を突破し、兄弟子たちの審査を通った者だけど決められているからだ。しかしステラだけは例外で、ウェルナーの指名により弟子となった。

これは極めて異例のことで、弟子に指名された者が魔力の低い少女だったことは周囲を大変驚かせ、同時に多くの嫉妬《しっと》を集めることにもなった。

なぜ魔力なしがと白い目を向けられ、ウェルナーの世話を任されるようになると『色目を使った』と蔑まれたことさえある。

けれど異性を陥落させるほどの色気など、ステラは持ち合わせていない。

痩せやすい体質のせいで肉付きが悪く、胸やお尻の肉もほどほどなため、少し前までは男の子に間違われることのほうが多かったくらいだ。

顔立ちも地味だし、髪や目の色もくすんだ茜色で、取り立てて目立つ特徴もない。

だからこそ、ウェルナーがステラに母親役を頼む理由がよくわからない。

(選ばれたのは、やっぱりずっと世話を焼いていたからかしら)

ステラは戦争で家族を亡くしており、自分も殺されかけたところを師に救われた過去がある。命の恩人であり育ての親にも等しい彼にステラは人生を捧げようと決め、ウェルナーの世話係としてずっと側で支え、我《わ》が儘《まま》にも辛抱強く付き合ってきた。

たとえば、『ゴーレム』という巨大な土作りの魔法人形を作りたいという師を手伝って一緒に泥まみれになったり、魔法生物の研究と観察をしたいと言い出した師と共にエデンにある広大な動植物園で半年も野宿したこともある。

食事における魔力向上の研究をするのだと意気込む彼のため、ありとあらゆる国の料理を勉強し、それを一年作り続けたことも今ではいい思い出だ。

苦労も多かったが、不思議と嫌だと思ったことはない。むしろ楽しげに研究をする師を側で見られるのは幸せで、彼が喜ぶことを何でもしたいと思ってしまうのだ。

またステラは師だけではなく、兄弟子の研究も手伝っていた。望まればどんな雑務でも嫌な顔一つせずにこなしたのは、自分のせいでウェルナーの評判を下げたくなかったからだ。

その甲斐もあって近頃はステラを見直してくれた者もいる。「お前は努力家だ」とウェルナーも褒《ほ》めてくれるから頑張ることができたのだろう。

あとステラ自身、誰かの世話を焼いたり、細々《こまごま》とした雑務をするのが好きなのだ。

誰かの喜ぶ顔を見るのが大好きで、そういうところをウェルナーも見抜いて甘えてくるのかもしれない。

(とはいえ、子供になってまで甘えるとは思ってなかったけど)

苦笑していると、先ほどより更にウェルナーの目がとろんとしてくる。

ステラは師の小さな身体に毛布をかけた。

「では、私は出かけるのでお昼寝しててくださいね」

「いやだ、ステラが行くなら俺も行く……」

「でも魔力切れを起こして、眠いんでしょう？」

「ステラが補給してくれれば起きられる」

言うなり毛布を撥ね上げ、ウェルナーは愛らしい目を閉じながら「ん」と唇を小さく突き出した。彼が『魔力の受け渡し』を望んでいるとわかっても、それは容易《たやす》くできることではない。受け渡し方法に問題がありすぎる。

「あ、あの……やっぱりこの受け渡し方はよくない気が……」

「口腔《こうこう》からの魔力摂取は一般的だろう」

「でも子供の師匠にキスするのって抵抗あるんですけど」

「ならば、身体を重ねるのでもいいぞ」

「もっとできませんよ！」

ステラは狼狽《うろた》えるが、ウェルナーは不思議そうに首をひねっている。

「しかし、魔力の受け渡しに性行為以上に手っ取り早くて有効な方法はない」

本来魔力は簡単に譲渡できるものではない。

人によって持っている魔力の因子は違い、注ぎ込んでもその差によってははじき出されてしまうのだ。差を埋めるには、まず譲渡を行う者同士が身体に触れ、体温を重ね、少しずつ魔力を注ぐ。より広く、より深く、より長いふれ合いが二つの異なった魔力を馴染《なじ》ませるのだ。

また魔力は男女ともに生殖器で生成されるため、性行為が推奨されるのである。

それを子供となった師とやれるわけがない。

仕方なく、ステラはウェルナーをそっと抱き上げた。

口から少しずつ魔力を注ぐと、彼もぎゅっとステラに抱きついてくる。

「お前の魔力は、本当に心地がいいな」

キスが終わると、ウェルナーが幸せそうに笑った。

眠そうだった目はぱっちり開き、頬も赤く上気している。

「それで、どこに買い物に行くのだ？」

「レーテルの漁港へ、今夜の食材を買いに」

途端に、ウェルナーが口をへの字に曲《ま》げる。

「漁港ということは、魚か？」

「はい、この時期はニシンが美味《おい》しいんですよ」

「俺の一番嫌いな魚だ」

「でも栄養満点ですし、大きくなるためにも食べなきゃ」

年上だった頃は多少の偏食にも目をつぶったが、子供の身体の今は見過ごせない。

むくれるウェルナーにあえてにっこり笑いかけてから、ステラは二階にあるサロンへと向かう。廊下をせわしなく行き交う小さな魔法人形といくつもすれ違った。

人形というより壺《つぼ》に頭と手足がついたような少々変わった造形だが、これもまたウェルナーの発明した魔道具の一種であり、魔法使いたちが小間使いとして広く用《もち》いている。

師はこの俺に隠れ住むと決めたとき、建物を改築し使用人の代わりとなる魔法人形をいくつも作った。

食事はステラが作っているが、掃除や洗濯は全てこの魔法人形がしてくれている。改築された俺は部屋が二十もある巨大なものだから、彼らには大変世話になっていた。

子供になったウェルナーよりも更に小さな人形たちは、細い手足を必死に動かしちょこちょこと忙しく動き回っている。

口がないのでしゃべったりはしないけれど、動力となる魔石が二つ、まるで目のように埋め込まれていて、それがなんとも言えず愛らしい。

そんな彼らにしばらく出かけると声をかければ「うん！」と言いたげに頷《うなず》き、細い手をブンブン振ってくれた。

人形たちに見送られながらサロンの扉を開けると、広々とした室内には様々な風景画が飾られている。一見すると美術室のようだが、その絵はウェルナーが編み出した魔法がかけられた特殊な扉なのだ。絵に触れれば、そこに描《えが》かれた街へと一瞬で飛ぶことができる。

俺のあるこの地は地の果てと呼ばれ人の住む場所はなく、一番近い街まで一日かかる。

そのためウェルナーが、買い物用にとこの扉を作ったのだ。

転移魔法がかけられた扉は一般化されているが、ステラはこれほど美しくて繊細《せんさい》なものを見たことがない。

元来、都市と都市とを結ぶ転移魔法は様々な魔力の因子が必要で、その調整は難しく、補佐する装置が必要なため巨大になりがちだ。学問都市にある装置でさえ三階建ての建物ほどの大きさがあり、それでも小さなものだと言われていた。

けれどここにある扉は大きめの絵画にしか見えない。

ここにかけられた複雑な魔法はウェルナーだけが使える特殊なもので、以前一度理論を説明されたことがあるがステラにはさっぱりわからなかった。大変特殊で希少《きしょう》な魔法であることは間違いなく、そんな扉を十枚も作れる師の才能には舌を巻いた。

感心していると、ぐいっとスカートを引っ張られる。

見ればウェルナーが、不本意そうな顔でステラの裾を握っていた。

「本当に、レーテルに行くのか？」

こちらを見上げている顔は我が儘を言う子供だ。偉大な魔法使いの面影は全くない。

「あそこは、魚臭くて嫌いだ」

「なら、人形たちとお留守番していてください」

「嫌だ。それより、ニルの街に行こう。今日はあそこの酒場で、夕飯を食べればいい」

「あそこは肉しかないのでだめです」

「俺は肉が食べたい」

むくれる顔は可愛いし甘やかしたくなるが、今のウェルナーは幼い子供。母親になれと言われたからには心を鬼にせねばと気合いを入れる。

「今夜はニシンで決定です」

言うと同時に、ステラは海辺の街が描かれた絵に触れる。次の瞬間、まばゆい光が目の前で弾《はじ》けた。思わず目を閉じると、さらりと心地よい潮風が髪を揺らした。

(やっぱり、師匠の魔法はすごい)

目を開ければ、そこはもう目的地だ。

魔法を見られないよう、到着地点は人気のない路地に設定されている。薄暗い通りの向こうには、青い海に沿うようにして造られたレーテルの漁港が見えた。

「ステラは、悪い母親だ」

文句を言いつつ、ついてきたウェルナーが隣でむくれている。

「むしろ、子供の身体を気遣ういい母親でしょう」

「私は子供だが、子供ではない。栄養は足りているし、好きな物を食べても死なない」

「死ななくても、大きくなれないですよ」

「大きくなんてなりたくない。俺はずっと子供のまま、ステラと過ごすのだ」

ウェルナーがステラの腰にぎゅっと抱きつく。

師が本気になったら可能かもしれない。とはいえ人体を変異させる魔法というのは危険も多く、多用すべきではないと言われている。

実際ウェルナーも、子供になってから以前のようには魔法が使えなくなっている。

元々が規格外なので並の魔法使いよりはずっと優秀だが、明らかに燃費が悪くすぐ魔力切れを起こしていた。そうした不調を整えるためにも、ウェルナーには栄養のある食事をとらせるべきだとステラは考えている。

「別に大きくなっても、私は師匠の側を離れません。だからどうか我が儘を言わず、身体に一番いい食事をとってください」

「……本当に、離れないか？」

「私を母親に任命したのはあなたでしょう？　親子というものは死ぬまで縁が切れないものです」

安心させるために微笑めば、ウェルナーは渋々という顔で頷いた。

「今日は我慢する。でも明日は、俺の好きな料理を作ってくれ」

「じゃあ、明日はビーフシチューにしましょう」

途端にウェルナーの瞳がきらきらと輝き、ステラは思わず笑った。

（この顔は、大人のときと変わらないな）

シチューはウェルナーの大好物で、作るたびに彼は目を輝かせていた。今と違って表情はあまり出なかったけれど、喜んでいることは伝わってきてそこが逆におかしくもあった。

「よし、なら今日はニシンで我慢しよう。行くぞステラ」

あれほど嫌がっていたくせに、ウェルナーはステラの手を引き歩き出す。少々強引なところも相変わらずだなと、ふと懐かしい気持ちになる。

（そういえば、昔もよくこうして手を引かれたっけ……）

戦争で家族を失い、孤児となったステラを拾ったウェルナーは、塞《ふさ》ぎ込む幼子を少しでも元気づけようと魔法院の中を案内してくれた。

けれど師はあの頃から色々とズレていて、『幾何学的で素晴《すば》らしい岩だ』と中庭にあるなんの変哲《へんてつ》もない岩を見せたり、『ここはいい音がする場所だ』と魔法院の地下にある下水道まで連れて行ったりする有様である。

どれもこれも子供が喜ぶ場所ではなかったが、嫌だと思わなかったのはウェルナーにとっては特別な場所なのだと子供心に察したからだろう。

そこに連れて行くことで、ステラが元気になると彼は信じていた。その真っ直ぐな気遣いと優しさが嬉しかったのだ。

魔法の才能がないステラにとって、偉大な魔法使いの弟子という肩書きは時に重いものだったが、逃げ出さずにいたのはウェルナーの側を離れたくなかったからだ。

少しでも彼の役に立ちたくて、ステラは世話役として彼に仕え続けた。

その結果が『母親』への抜擢だと思うと少々複雑だが、全てを捨ててまで自分とこうして暮らしたかったと言われると嬉しい気持ちもある。

（ただ、本当にこのままでいいのか不安もあるけど……）

二人で街を歩いていると、そこかしこにウェルナーの死を悼む張り紙が貼られ、売られている新聞の一面も未だ師に関するものばかりだ。

またカフェから流れてくる魔法ラジオからは、ウェルナーの死後、誰がその役目を引き継ぐのかと討論家たちの白熱する声が響いていた。

『ウェルナー様の防衛魔法は機能しているが、それがいったいどれほど保つのか魔法院はちっとも答えないそうだね』

『一番弟子のアティックは秘密主義者だからね。……いつまた星が流れてくるかわからないし、果たして弟子たちの力だけで災いを退けられるのか不安なところだよ』

『いっそウェルナー様の死体が残っていてくれたら、防衛魔法の楔《くさび》として利用できたものを』

『いやいや、さすがにそれは彼の死に対する冒瀆じゃないかい？』

『だがあれほどのお方だ。魔力の残滓《ざんし》は凄《すさ》まじい量だろうし、死してなお人の役に立てることを喜んでくださるはずだ』

熱く語る男の声に、カフェにいた客たちは同意し頷いている。

それを横目で見ながら、ステラは前を歩く師の手をぎゅっと握った。

（みんな、師匠のことをなんだと思ってるんだろう……）

弟子たちだけでなく、世の人々はウェルナーの死を悲しんでいないように思う。

偉大な魔法使いの死によって今後この世界はどうなるのかと、不安を募らせているだけだ。ウェルナーの加護によって栄えてきたことを考えれば、その気持ちもわからなくもない。

けれどあまりに勝手だと、ステラは思わずにはいられない。だからこそ、ステラは師が生きていることを未《いま》だ魔法院に報告できずにいるのだ。

（生きているって知られたら、師匠の自由はきっと欠片《かけら》もなくなってしまう）

彼は世界の発展のためにと、身を粉にして働いていた。その仕事は多岐にわたり、中には彼にしかできない重要なものもある。

特に代えがきかないものが、戦争への介入と抑止だ。

かつてこの世界では、たびたび大きな戦争が起こっていた。それは人類を衰退させ、最も繁栄した魔法文明でさえも争いによって滅んでしまったと言われている。

同じ間違いを繰り返さぬようにと国々は和平を結んでおり、魔法院はそうした国にだけ創り上げた魔法や道具の提供を行っていた。

しかし時折、魔法院が作った魔法や、そこで発見された研究結果を悪用し、新たな争いを起こす国もいるのだ。

ステラの故郷もそれが原因で焼かれ、ウェルナーに拾われたのもそのときだ。

魔法を悪用されたことが原因で戦争が起きた場合、魔法院には報復と介入が許されている。

介入するのは実質ウェルナーのみ、このときだけは超法規的措置として人を殺める魔法が使用されるのだ。もちろん事前に警告はするが、無視されれば即刻彼の魔法が放たれる。

そうなった場合、生き残れる者はまずいない。

風を起こせば街が吹き飛び、大地を震わせれば大陸一つ崩落させられるほどの力を師は持っている。その強大な力を人々は恐れ、それが世界から争いを遠ざけていたのだ。

(厄災か戦争か、何が原因になるかはわからないけれど、世界が師匠を求める日が来るかもしれない)

ウェルナーの気持ちを優先して、このまま穏やかに二人暮らしをしていたいという思いもある。けれどももし、たくさんの命が失われるような事態が起きたときには、この生活を終わらせるべきなのかもしれないとも思う。

「ステラ！　アイスが売っているぞ！」

一方で、偉大な魔法使い様は今日も暢気《のんき》だ。

「ご飯の前に食べたらお腹いっぱいになっちゃうでしょう?」

「でもアイスだぞ」

「アイスもお腹にたまります」

「けど、アイスだ」

何よりも優先すべきだと言いたげな顔に、ステラはため息をこぼす。

「そもそも、いつから師匠はアイスが好きになったんですか?　昔は甘い物を食べなかったじゃないですか」

やはり子供になって体質が変わったのかと尋ねれば、彼はキョトンとする。

「好きでも嫌いでもないし、俺はアイスになんの感情も持っていない。だが、お前は好きだろう?」

「えっ、私?」

「俺が好きなのは、アイスを幸せそうに食べているステラだ」

好きという言葉に、ステラはうっと言葉を詰まらせる。

今のウェルナーは子供だ。それもステラを母親扱いしている。

なのに片思いは未だ消えずに残っていて、こうして時折心を揺さぶられてしまう。

「だから食べよう。お前だって食べたいだろ?」

ぐいぐい腕を引きながら、ウェルナーはアイス売りのほうにステラを連れて行く。

彼は懐からお小遣いとして渡していたお金を取り出すと、ステラの好きなイチゴ味を頼んだ。お小遣いといっても元々ウェルナーの資産だが、すぐ無駄遣いをしてしまうため、毎週少しずつお小遣いと称して彼に渡していた。

その少ないお小遣いで買ったアイスを、ステラに差し出してくる。

「ほら、食《く》え」

「あなたはいいんですか？　イチゴ味なら、食べられますよね？」

「お前に食べてほしい」

思わず受け取ってしまったが、子供が買ったアイスを独《ひと》り占《じ》めするのも憚《はばか》られる。

「半分こしましょうか」

「俺も食べていいのか？」

「二人で食べればお腹もふくれすぎないし」

ウェルナーとベンチに座り、アイスを差し出すと彼は小さな口でぱくっと食べる。

その愛らしさにキュンと胸が疼《うず》く。元々ステラは子供が大好きなのだ。これが師でなければ、「かわいい！」と騒ぎながら頬ずりでもしているところだ。

「よし、ステラには俺が食べさせる」

「いえっ、自分で……！」

「いいからほら、あーんしろ」

腕をピンと伸ばしてアイスを食べさせようとする愛らしさに、ステラは胸を打ち抜かれる。

「食べる前から、お腹がいっぱいです」

「それは気のせいだ、早くあーんしろ」

冷静に指摘され、ステラはそっとアイスを口にする。

ほどよいイチゴの甘さにうっとりと目を細めると、ウェルナーも幸せそうに目を細める。

不意に師が大人だった頃の笑顔を思い出し、ステラは胸を詰まらせた。

自分の食事は蔑《ないが》ろにするくせに、ステラにはやたらと物を食べさせようとするところがある。そしてステラの食事風景を眺め、普段の無表情が嘘のように優しく微笑むのだ。

その笑顔を思い出して惚けたところで、ステラははっとする。

（今は子供なのに、ドキドキするなんてどうかしてるわよね……）

それもこれも、諦《あきら》めの悪い初恋が心の中に居座っているからだろう。

このまま母親の真似事をやるにしても、いずれ師が大人になり元の場所に戻るにしても、ステラの恋が報《むく》われることはない。

師は恋愛というものにさっぱり興味がないし、ステラよりもっと美しい人に言い寄られても眉一つ動かさない人だ。それとなく結婚しないのか聞いたことがあるが、「必要ない」と間髪を容れず言われた。

いい加減無駄な気持ちを抱かないようにと自分に言い聞かせながら、ステラは差し出されたアイスをゆっくりと味わった。

◇◇◇　◇◇◇

「やっぱり、魚は嫌いだ」

ソファーの上で膝《ひざ》を抱え、偉大な魔法使いが拗《す》ねている。

それを横目に洗い物を終えたステラは、口をへの字に曲げているウェルナーに苦笑した。

「明日は師匠の好きなビーフシチューなんですから、そう拗ねないでください」

「絶対だな」

「約束します。だからほら、そろそろ歯を磨《みが》いて寝てください」

魔力を摂取したとはいえ、燃費の悪い今の身体ではそろそろ眠くなる頃だろう。

その前に歯磨きをさせねばと考えていると、ウェルナーがステラに近づいてくる。

「ステラも寝るのか？」

「私は少し、勉強をします」

この庵には、師が集めた貴重な魔導書や学術書が多く残されている。

それを開き、以前受けた師の教えを復習するのがステラの夜の日課だ。

魔力が低く魔法の才能は皆無だが、ステラは学ぶことが好きだった。それにせっかく師に教えてもらったことをそのまま無駄にするのはもったいないし、いずれは魔法使いとして働かねばと思っている。

(師匠が残したお金はいっぱいあるけど、そればかりに頼っているのも申し訳ないし)

ステラはともかくウェルナーはこの先何百年と生きる可能性がある。ならば少しでも節約しておいたほうがいいに違いない。

だから今日も勉強をしようと意気込んでいると、ウェルナーがぎゅっと縋《すが》りついてきた。

「ステラが寝ないなら、俺も寝ない」

「だめです、子供は寝る時間です」

「俺から見たら、ステラだって子供だ」

「もう大人ですよ。それに今日は天気もいいから、星詠《ほしよ》みをしたいんです」

ウェルナーから学んだ知識の中で、天体観察と星詠みと呼ばれる占星術はステラの得意分野だった。

そろそろ春の星座が見え始める頃だし、星詠みをするには最適なのだ。ウェルナーは小さくため息をこぼすと、魔法で大きな望遠鏡を出現させた。

「なら俺も一緒に見る」

「だめですよ、もう夜も遅いし」

「小さくても俺はお前の師匠だ。弟子が学びたいというなら付き合ってやる」

「でも……」

「お前の知らない星の話を聞かせてやるぞ？」

そう言われたらステラが断れないのを知っているのか、ウェルナーは望遠鏡を抱えて部屋を出て行ってしまう。彼が向かったのは、庵の屋上にある天体観察用のテラスだ。

ステラはずるいと思いつつ、後に続く。

「確かに、今日は空がよく見えるな」

「そうでしょう！　だから観察日和だって思ったんです！」

望遠鏡を西の空へと向けた師に続いて、ステラは望遠鏡を覗き込む。

「春の大三角形が綺麗《きれい》に見えますね」

「オルテギウス星雲のあたりが少しかすんでいるな。……ではステラ。オルテギウス星雲が見えにくい年に起こりえる事象はなんだ？」

師匠らしく尋ねてくるウェルナーに、ステラは慌てて考え込む。

「夏の日照りです。あと星が少し青みがかって見えるということは、ドルグ砂漠のあたりでは逆に雨が増え洪水が起こりやすいかと」

「よく勉強しているな」

ウェルナーがステラの頭を撫《な》でてくれる。

昔より小さな手だが、それでも師に褒《ほ》められると心が弾《はず》む。

「オルテギウスが見えにくいのは、太陽から発せられる多量の魔力放射が原因だ。また青色の変色は大気の状態が不安定なときによく見られる。故に異常気象の前触れとも言えるだろう」

解説を聞きながら、改めてステラはウェルナーのすごさを思い知る。

そもそも彼が現れる前は、この世界が丸い惑星であることさえ誰も知らなかった。空の向こうにも同じような惑星があることや、太陽や月との関係、引力や重力、気圧や魔力量による天候の変化など、今でこそ当たり前とされる知識を人々にもたらしてくれたのはウェルナーなのだ。

「星を見れば色々なことがわかるなんて、発見した師匠は本当にすごいですね」

「別に俺が発見したわけではない。古代には、そうした知識がすでに存在していた」

「古代って、だいたいどのくらい前なんですか？」

「千年くらい前だ。その頃に滅んだ文明があることはお前も知っているだろう」

「ええ、今よりもずっと進んだ魔法技術を持っていたんですよね」

この庵がある最果ての地は、その古代文明の都市があった場所だと言われている。

それを観測する場所として、この庵は作られたのだ。

「進んでいたどころではないな。古代文明には命を生み出したり、月に行く船を創造する力さえあった」

「月に……!?」

初めて聞く話に、ステラの目が輝く。

「お前は、月に行きたいのか？」

「だって月ですよ！　いつも綺麗に輝いてるし、きっとキラキラした素晴らしい場所に違いないです」

「いや、砂と岩しかないなんの面白みもない土地だぞ」

「えっ、じゃあウサギは？」

思わず聞き返すと、ウェルナーがキョトンとした顔をする。

「ウサギ？」

「童話であるじゃないですか、月にウサギが住んでいるお話」

「住んでいるわけがないだろう。月には空気もないんだぞ」

馬鹿を言うなという顔をされ、ステラはショックを受ける。

「ウサギ、いないんだ……」

しょぼくれると、ウェルナーがなだめるようにステラの背中を撫でた。

「本気で信じていたのか」

「だってほら、月のウサギの話は師匠が初めて読んでくれた絵本だったし」

「……そうだったか？」

ウェルナーは記憶がないようだが、ステラは今でもはっきりと覚えている。

拾われてきた頃、ステラは家族を失った心の傷のせいで、毎晩悪夢を見ていた。それを知ったウェルナーが、少しでも心地よく眠れるためにと、ある晩読み聞かせをしてくれたのだ。

弟子から借りてきたという本は、月に住むウサギが主人公の絵本だった。

「師匠の読み聞かせ、全く感情がこもってなくて酷《ひど》かったから今でもよく覚えています」

酷かったが、それでも自分のために時間を割《さ》いてくれるのはとても嬉しかった。

確か絵本は、月に住むひとりぼっちのウサギが、友達を探そうと奮闘するお話だった。

しかし月には仲間はおらず、最後は勇気を出して暗い宇宙に飛び出し、この星にやってくる。新しい星でウサギは最初孤立するけれど、笑顔を忘れずみんなの役に立とうと頑張ることで、最後はたくさんの友達を作る。

そんな絵本に影響を受け、ステラも笑顔を絶《た》やさず人々の役に立とうと努力してきたのだ。今思えば、天体に興味が生まれたのもあの絵本がきっかけだったかもしれない。

空の星にはあのウサギのような可愛い生き物がいて、そうしたものを見つけたいと小さい頃は思っていた。

「でも、ウサギがいないなら教えてほしかったです」

「まさか信じているとは思わなかった」

「でも本当にいないんですか？　さすがの師匠も、月に行ったことはないんですよね？」

「……ないが、古代文明が残した情報によれば存在しないはずだ」

「その文明が間違っていたってことは？」

「今よりずっと、高度な魔法技術があった文明だぞ」

「でも争いで滅んでしまったのでしょう？　それに、古代文明は『悪魔』を作ったりもしたじゃないですか」

古代文明のことは殆《ほとん》ど記録が残っていないが、滅んでしまったのは恐ろしい過ち故だと言われている。

その過ちは、のちに悪魔と呼ばれる『ホムンクルス』という兵器を作ったことだ。

ホムンクルスは人を模《も》して作られた人造兵器で、身体には偽《いつわ》りの命が宿っている。

心もあるがその多くは歪《ゆが》み、行うのは破壊と殺戮《さつりく》ばかり。

そうした兵器を生み出し戦わせた結果、世界は荒廃して人類は衰退した。

結果ホムンクルスは全て破棄され、間違いを繰り返さないようにと、以来命を創造する研究は禁じられてきた。

「争いの悪魔を生み出してしまったように、他にも何か間違いを犯している可能性があったりしませんか？」

「確かに、言われてみると間違いも多かった気がする」

ウェルナーはどこか遠くを見つめながらぽつりとこぼす。

一方ステラは同意を得られたことで、「やっぱり！」と目を輝かせた。

「だから、きっとウサギもいます」

「ずいぶんこだわるんだな」

「他の星にも生き物がいるって思っていたほうが、夢があるじゃないですか」

知識欲も増すと言うと、ウェルナーは不思議そうな顔でステラを見つめた。

「俺にはない考えだが、ステラがそう思いたいならそれでいいと思う。それに古代にも、お前のように星の向こうから別の生き物が来ると信じていた者はいた」

「本当に？」

「だが彼らが言うには、それはイカのような姿をしていて、人間を殺しに来るらしい」

「ぶ、物騒ですね……」

驚くと同時に、そこでステラは少し不思議になる。

「ふと思ったんですけど、師匠が古代文明を語るときってちょっと変わってますよね」

「そうか？」

「まるで実際に見てきたみたいに話すなぁって」

ウェルナーは長生きだがさすがにまだ三百歳くらいのはずだ。魔力があればあるほど長生きはできるはずだが、それでもせいぜい五百年が限界だと言われているし、それ以上延命するための魔法はまだ研究段階だったはずだ。

「実は、過去に飛べる魔法でも使えたりします？」

あり得ないと思いつつ、冗談っぽく尋ねてみる。

するとウェルナーは、そこでステラから視線を逸《そ》らした。

「月にウサギが住むより、非現実的な話だな」

「じゃあ、本当はすっごい長生きとか？」

「千年も生きていたら、それは化け物だろう」

「そんなことありませんよ。たとえ千年生きていても、師匠のことは化け物だなんて思いません」

断言すると、ウェルナーはそこで小さく笑う。

「わかっている。お前は俺を、化け物ではなく子供扱いしているんだったな」

「実際子供でしょう」

そこではっと、ステラは我に返る。

「そうだ、子供はそろそろ寝ないと」

「俺は子供ではないし、星の話をしてやると言っただろう」

と言いつつ、ウェルナーの瞳はとろんとしている。

「お話はまた今度にしましょう。だからほら、歯磨きしましょう」

問答無用で師を抱き上げると、観念したのか彼はぎゅっとステラに縋りついた。

「これを望んでいたはずなのに、子供扱いされるとなぜか少し複雑だ……」

「複雑だと思うなら、早寝早起きして大きくなってくださいね」

「……でも、大きくなると抱っこはしてもらえないだろう」

「抱っこされるの好きなんですか？」

「ああ。だって俺は、そのために……」

何か言いかけたままウェルナーの言葉は途切れる。

かわりに聞こえてきた可愛らしい寝息に、ステラは思わず微笑んだ。

「やっぱり子供じゃないですか」

そんなことをつぶやいた後、彼女はウェルナーに歯磨きをさせ忘れたことに気づき、思わずため息をこぼした。

第二章

その手紙が届いたのは、ウェルナーと暮らし初めて最初の夏が過ぎた頃だった。

『突然ですが来月あなたの庵に遊びに行こうと思います。盛大に歓迎してくれると嬉しいです。あなたの姉弟子ネフィアより』

唐突で強引なその内容を読んだとき、ステラは思わず苦笑を浮かべた。

(ネフィア姉さんは、相変わらずみたい)

ネフィアは師の弟子の一人で、彼に並ぶと言われるほどの魔法の使い手でもある。弟子たちの多くが師と距離を取る中、ウェルナーを必要以上に恐れることもなく、彼が失敗をすれば笑い、人に迷惑をかければ怒り、平気で意見をする女性だ。

元々彼女はステラと同じく戦争孤児だったところを師に拾われたそうで、彼との付き合いも長い。親子というよりは友人のような関係だが、ウェルナーも彼女を信頼していたように思う。

勝ち気な性格だが気さくで、魔力がないステラに優しく妹のように大事にしてくれた。子供の扱いが下手で生活能力が皆無なウェルナーのかわりに、幼いステラの面倒を見てくれていた時期もある。正直、生活面ではウェルナーよりも彼女に助けられた記憶のほうが多い。

ただステラは幼い頃からしっかりしていたため、すぐにネフィアの手を離れウェルナーの面倒を見られるほどに成長した。七つになる頃には『師匠もおふろにはいってください!!』と叱《しか》っていたくらいだ。

その頃を思うと懐かしい気持ちになるが、今は彼女に会える喜びより不安のほうが大きい。

（……さすがにネフィア姉さんは、これが師匠だって気づくよね）

幼い子供になったとはいえ容姿はウェルナーそのものだし、そのうえ彼が着用しているローブとタイは大人のときのもの。

ローブは着慣れているから、タイはステラに結ばれるのが好きだからという理由で、わざわざサイズ直しまでして着用しているのだ。自然と魔法院にいた頃と似た服装になり、見る人が見ればウェルナー本人だと気づかれる可能性が高い。

手紙を眺めつつ不安を抱いていると、ステラはあることに気づいた。

(待って……!?　この消印、一月前じゃない!?)

手紙などの配達物は転移魔法によって届けられるのだが、庵があるこのあたりは魔力が濃く転移魔法が上手く働かないことがある。

そのせいで到着が遅れることもたびたびあるのだが、よりにもよってこんな大事な手紙が遅れるなんてと頭を抱えた。

(もう向かっているだろうし……ううん、むしろもう着いていてもおかしくないわ)

あたふたしていると、ソファーでゴロゴロしていたウェルナーがステラの異変に気づき顔を上げた。

「どうした?」

「実は……」

ステラが差し出した手紙に目を通したウェルナーの顔が曇《くも》る。ほぼ同時に、外から「なにこれええええ」という甲高い声が聞こえてきた。声の主が誰かは、言わずもがなである。

「ど、どうしましょう」

「ここに俺がいるとバレるのはまずい」

「どう誤魔化《ごまか》します?　師匠の隠し子ってことにでもします?」

「いや、あいつは俺について知りすぎている。隠し子と言って誤魔化すのは無理だ」

じゃあどうしたらいいのかと思った直後、ウェルナーがソファーから立ち上がる。

「よし、お前の恋人ということにしよう」

「もっと無理では!?」

幼い子供がステラの恋人だと言われて、ネフィアが納得するとは思えない。

とはいえ他の案も思いつかずにいると、突然ウェルナーが指先に魔力を集めた。

次の瞬間、ステラの目の前に現れたのは凛々《りり》しい青年だ。年はステラと同じくらいか、少し上くらいだろう。

「……もしかして……師匠……?」

「他に誰がいる」

「ええっ!?　こ、子供の姿以外にもなれるんですか!?」

「長時間は無理だがな。特に今回は、髪や目の色を変えているから魔力の消費も多い」

確かに銀色の髪と目が黒くなっている。だが凛々しいその顔はウェルナーそのもの。死ぬ前より若くなってはいるが、髪と目の色を変えても誤魔化しようがない。

「いや、無理が……それに……あの……!」

「なんだ、何か問題があるか?」

首をかしげながら近づいてくるウェルナーに、ステラはぎゅっと目をつぶる。

「服を、着てください!!」

そう言われて初めて、全裸であることに気がついたらしい。

「ああ、身体が大きくなったせいで破れてしまったんだな。でも裸で抱き合っていれば、ネフィアも俺のことを恋人だと勘違いしやすくなるだろう」

がしっと抱きしめられ、ステラは思わず悲鳴を上げる。これでは恋人ではなく不審者だと叫びたかったが、別の者が代弁してくれた。

「私のステラから離れろ変態!!」

ウェルナーの気配が突然消え、ガシャーンと音がして何かが外に吹っ飛んでいく。

「大丈夫ステラ!? 変なことされてない!?」

恐る恐る目を開けると師の姿はなく、そのかわりに子供のウェルナーと同じくらいの少女にぎゅっと縋りつかれていた。

「……ネ、ネフィア姉さん」

「私が来たからにはもう安心よ。あの変態は、外に追い出したから」

「いや……あの……」

「まったく、私の可愛いステラを襲うなんて!!」

プリプリと怒る少女――ネフィアはステラよりずっと年下に見えるが、実年齢は百歳を越えている。魔力が強いうえに、人の寿命を延《の》ばす魔法を研究し続けている彼女は出会った頃からずっとこの姿なのだ。

とても愛らしい容姿だが、それに似合わぬ魔法の使い手であり、ウェルナーの姿が消えているのも彼女の仕業だろう。

どうやらウェルナーは恋人どころか不審者と思われ、ネフィアの魔法で窓枠ごと外に放り出されたらしい。――むろん全裸で。防御力は限りなくゼロである。

「ど、どうしよう……」

「安心して、さすがに殺してはいないから」

「でも、あの人は……」

師匠と呼ぶこともできず、かといって他の呼び方も思いつかずオロオロしていると、ネフィアは自分が吹き飛ばした男がステラの知人である可能性に気づいたらしい。

「……待って、もしかしてその……合意だった？」

「合意？」

「あの裸の男、もしかして彼氏……とかだったりする？」

頷くべきだろうかと悩んでいると、壊れた窓からウェルナーが部屋に戻ってきた。

「その通りだ馬鹿者。全ては合意のうえだし、俺にはステラに全裸で迫る権利がある」

ウェルナーに怪我《けが》はなさそうだとステラはほっとする。とはいえ全裸の彼を直視できず視線を泳がせると、ネフィアが大きなため息をついた。

「待って。色々待って……」

「その言葉は俺の台詞《せりふ》だろう。問答無用で窓の外に吹き飛ばしたのは誰だ」

「だって、偉大な魔法使いが全裸で弟子に迫ってるとは思わないでしょう！」

ネフィアの咎《とが》めるような口調に、ステラとウェルナーは「えっ？」と同時に声を上げる。

「なにその『バレた!?』みたいな顔!!　バレるから、特にウェルナーの馬鹿は隠し方が下手すぎてバレバレだから!!」

魔法で吹き飛ばされても身体に傷一つなく、顔立ちも口調も変えていなければさすがに気づくと言われては、ステラも同意するしかない。

「それで？　なんで死んだはずのウェルナーがピンピンしているわけ？」

「……黙秘する」

「事情を説明しないなら、問答無用でアティックに告げ口するわよ！」

キッと睨《にら》まれ、気難しい兄弟子の名前が出されると、ウェルナーが渋々口を開いた。

「端的に言えば、ステラの子供になりたかった」

「端的すぎるし、全く意味がわからないんだけど」

ネフィアから「かわりに説明しろ」と言わんばかりの視線を向けられても、ステラも言葉に困る。何せステラだって、今でも時々「この状況はいったい何なの!?」と戸惑うのだ。

とはいえウェルナーに説明を任せれば事態が拗れるのは目に見えていたので、ステラは覚悟を決めた。

「わ、わかりました。でもその前に、師匠に服を着せていいですか？」

「そうね、そうしましょう」

「ん？　服は別に後でもよくないか？」

「必要です！」

「必要に決まってんでしょ!!」

二人の弟子に本気で叱られ、さすがのウェルナーもシュンとしていた。

◇◇◇　◇◇◇

「つまり、ステラとの二人暮らしを実現させるために、この馬鹿は世界を大混乱に落とし入れたわけね」

お茶を飲みながら事情を説明すること小一時間。ものすごく複雑そうな顔だが、姉弟子はステラの話をとりあえず信じてくれたらしい。ちなみに気が散るからと、ウェルナーは俺に運よく残っていた彼の古着を着せられている。

「勝手に周りが混乱しているだけで、俺は何もしていない」

淡々と話すウェルナーにネフィアは頭を抱えた。

「あんたね、バレたら大事になるってわかってる？」

「わかっているから、バレないように派手に死んだのだ」

「私にはさっそくバレたじゃない」

「途中から隠すのをやめたからだ。お前は役に立つし俺やステラに甘いから、共犯にしようと考えを改めた」

「共犯って、勝手に巻き込むんじゃないわよ！」

ネフィアは怒りつつも、きっと味方になってくれるだろう。

そもそもウェルナーとネフィアはとても仲がいいのだ。二人の間には親密な空気があり、付き合っているのではと勘違いしていた時期もある。『あり得ない』と二人揃って否定され、ステラはちょっとほっとしたものだ。

ただそのせいでウェルナーへの好意がネフィアにばれ、「早く告白しなさいよ」とせっつかれて困ったりもしたが。

「どこかネジが外《はず》れてる奴だとは思ってたけど、末の弟子を捕まえて『ママになれ』ってどんだけよ」

「俺は有機物だ、ネジはない」

「比喩《ひゆ》表現よ比喩表現！　無駄に長く生きてるんだから、それくらい察しなさいよ！」

ネフィアの言葉に、ウェルナーはなるほどと腕を組む。たぶん本気で、今の表現を記憶しておこうと思っているのだろう。

そこもまたズレているなとステラが思っていると、ウェルナーの身体がいきなりぽんっと子供に戻った。

「やはり長時間はもたないな」

「……うわぁ、本当に子供だ」

「お前にだけは呆れられたくないが？」

「私は不老長寿の研究の一環として、この姿でいるだけだもの。ママに抱っこされたいから子供になった奴とは違うの」

「子供が母親に抱っこをせがんで何が悪い」

そう言ながら、ウェルナーがステラのほうに寄ってくる。身体が小さくなっても服は大人サイズのままなので、かなりぶかぶかだ。転びそうになったウェルナーを抱き寄せれば、どことなく満足げだった。

「ステラの抱っこは最高だ。欲するなというほうがおかしい」

「いや、あんたいくつよ！　それに抱っこをせがむ子供にしては身体が大きくない？」

「それが、見た目ほどは重くないんですよ」

ステラが軽々と抱き上げてみせると、ネフィアがぎょっとする。

「まさかあんた、抱っこしやすいように自分の質量まで変えたとか!?」

「変えている。ステラに少しでも長く抱っこしてほしいからな」

「魔法の無駄遣いにもほどがある！　っていうかそれ、どうやってんのよ!?　黙っててあげるかわりに、とりあえずその魔法の理論を教えなさい！」

私も軽くなりたいと、ネフィアは身を乗り出してくる。

そのまま二人はステラには理解し得ない討論を始めてしまう。それに加われるほどの知識を持たないことに情けなさと疎外感を覚えるが、ぎゅっと縋りついたウェルナーの手が離れないため席を外すこともできない。

そうしていると、ステラは段々うとうとしてくる。

（そういえば昔、こうして師匠にくっついて寝たっけ……）

あの頃はステラが抱きしめられるほうだったなと思ううちに、心地よい眠りに誘われる。

懐かしいことを思い出したせいか、彼女は久しぶりに幼い頃の夢を見ていた。


夢の中で、ステラはまだ六つだった。

覚えのある光景に昔の夢を見ていると気づいたけれど、胸にこみ上げてきたのは懐かしさではなく苦い気持ちだ。

幼いステラはススキの穂が揺れる草原の中を、たった一人で歩いていた。

そこは、ノイエンスと呼ばれる小さな国の東。のどかな農村地帯にあるステラの故郷だった。

美しい草原は幼少期に過ごした遊び場で、住んでいた村から丘を越えた先にあり、よく家族や友達とかけっこやかくれんぼをした場所だ。

ノイエンスは農耕と畜産が主な産業で、裕福ではないが穏やかで平和な国だった。けれど一年と少し前、ある研究が発表されたことで全ては変わってしまった。

ノイエンスの大地や水源には特殊な因子を持つ魔力が溢れていることがわかり、それが発電や転移魔法に用いられる希少なものであったのだ。

運が悪いことに、ノイエンスの周辺の国々はいつ戦争が起きてもおかしくないほど関係が悪化していて、そんな状況で見つかった希少な魔力は戦況を左右する切り札となり得るものだったのだ。

周辺国は魔力を求めてノイエンスに侵攻し、ステラの村には火を放たれ多くの村人が逃げ遅れた。

ステラとその家族となんとか村から逃げ出せたが、すぐに侵攻国の兵士に見つかってしまった。両親がステラを茂みに隠してくれたおかげで、たった一人逃《のが》れることができたけれど、兵士に連れ去られた家族がどうなったかはわからない。

連れ去られた家族を追いかける勇気はなく、幼いステラはどうにか人目につかないよう草原まで逃げるのが精一杯だった。運よく草原に兵はいなかったが、また見つかるかもしれないと思うと恐怖で足がすくむ。

進むことも戻ることもできずにいると、どこからか足音が聞こえてくる。

恐る恐る振り返ると、丘の方に見えたのは村を襲った兵士たちだった。周りのススキは彼女の背を隠すのにはまだ背が低く、身を潜める場所はない。ステラは胸の前で手をぎゅっと握った。

(かみさま、どうかたすけてください)

ノイエンスで信仰されている神は、かつて空の向こうからやってきたとされている。大地に降り立ち、命を芽吹かせ、今も人々を空から見守っているという神の加護を得ようと、ステラは手を組み夜空に瞬《またた》く星に目を向けた。

「……お前は、星が好きなのか？」

切迫した状況に似合わぬ、なんとも暢気な声が聞こえてきたのはそのときだ。

驚いて振り返ると、そこには魔法使いの装いに身を包んだ一人の男が立っていた。

彼は、先ほどまでステラが見上げていた空に目を向ける。

「見ていたのは、ネオルセス座か？」

「ねおるせす？」

「星を見ているのに、名も知らないのか」

「みてないよ。ただ、いのってたの」

「……東の村から来た子か？」

頷くと、彼はステラをそっと抱き上げる。

凛々しい面立ちがぐっと近づき、ステラは思わず目を奪われた。

男の目が星を散りばめたような不思議な輝きを帯《お》びていたからだ。

「あなたが、かみさま……？」

「だったら、お前の村を救えたのだがな」

言いながら、男は腕を軽く振る。次の瞬間、すぐ側まで迫っていた兵士の姿が忽然と消えた。

何が起きたのかわからず瞬きを繰り返していると、男がステラの頬にそっと触れる。

男の手は、驚くほど冷たい。ステラはなんだかとても心配になり、その手をぎゅっと握りしめた。

「あなたも、ひどいめにあったの？」

「なぜそう思う」

「手がつめたいし、かおもこわいから」

「元からこういう顔なのだ」

「でも、わらってないときはつらいときだって、おかあさんがいってた」

自分の言葉で母のことを思い出し、ステラは男の手をぎゅっと握りしめながら目に涙をたたえる。

「泣いているということは、お前もつらいのか」

「うん。だってみんな、いないの……」

「安心しろ、村の兵士は全て追い払った」

「でも、もうかんじない……」

ステラは昔から魔力を感じることに長けていた。おかげで家族や友達の位置や健康状態を知ることができ、離れていてもいつも一緒にいるような気がしていた。

でも今は、何も感じない。

家族の魔力も、友達の魔力も、ステラに優しかった村長の魔力すらどこかに行ってしまった。

「だれもいない……ひとりになっちゃった……」

「一人ではない、俺がいる」

「あなた……だれ？」

「ウェルナーだ」

彼はステラの涙を止めようと頬をゴシゴシこする。そうされると、彼の冷たかった手にぬくもりが宿り始めた。それが心地よくて、つい目を閉じてしまう。

「なあ、お前の名はなんというんだ？」

「ステラ」

「ステラ、お前は一人がいやか？」

質問に頷くと、ウェルナーもまた「そうか」と頷いた。

「ウェルナーも、ひとりはいや？」

「……そう、なのかもしれない」

「なら、ステラと一緒にいる？」

尋ねると、彼はほんの少し悩む。

だがすぐに頷き、ぎゅっとステラを抱きしめてくれた。

「ああ、一緒にいる」

ウェルナーの腕の中に囚《とら》われ、ステラは再び涙をこぼす。

家族はもういない、でもかわりにこの人がずっと側にいてくれる。

そんな確信を得たステラは、ウェルナーにぎゅっと縋りつく。

「お前を、一人にはしない」

その言葉は約束となり、彼は小さなステラをずっと側に置いてくれた。

後で聞いた話だが、ノイエンスが襲われる結果となった研究成果を発表したのはウェルナーだったそうだ。故に彼は、罪悪感を覚えていたに違いない。

彼と弟子たちが兵を退《しりぞ》けてノイエンスに再び平和が戻ったが、残念ながらステラの故郷は失われてしまった。ウェルナーは「側にいればいい」と彼女を弟子にしてくれた。

責任と罪悪感からそうしてくれたのだと今はわかるが、小さなステラはウェルナーの言葉に喜び「なら一生側にいる」と笑ったのだ。

まさかその約束が、師匠の死後まで続くとは思いもせずに。

◇◇◇　◇◇◇

誰かが、ステラの身体をどこかに運んでいる。

この心地よさは師匠だろうかとぼんやり考えたところで、柔らかな場所に横たえられた。

「ステラ、寝るなら毛布をかけろ」

低い声はやはり師のもので、なんだか子供に戻ったような気分になる。

(いや、まだ夢を見ているのかも。今は師匠のほうが子供だし……)

夢ならば、彼に甘えてしまいたい。

そう思って、自分を下ろした手をぎゅっと握る。

「毛布より……師匠がいいです……」

「俺が覆《おお》い被《かぶ》さったら、重いと思うぞ」

「でも、くっつきたい」

「そうか」

短い返事と共に、すぐ隣に師が寝転がる気配がしたことに喜び、逞《たくま》しいその身体に頰を寄せた。

(……んん？)

ただ、夢にしては感触が生々しすぎる気がする。まさかと思い目を開けると、夕日に照らされた凜々しい顔がステラをじっと見つめていた。

「ん？　寝ないのか？」

首をかしげるウェルナーの顔は、夢の中よりだいぶ若い。

(ぜ、全裸で迫ってきたときと似てる……)

などと考えたところで、ステラはようやく夢でないと気がついた。

「くっついているから、眠るといい」

「ご、ごめんなさい！　私寝ぼけていて」

慌てて起きようとするが、腰に回った師の腕が邪魔をする。ぎゅっと抱きしめられ、ステラは大混乱である。

「寝ぼけているのはきっと寝足りないせいだ。夕食はネフィアが作るというし、もう少し眠るといい」

「お、起きます！」

「遠慮するな」

「だってこんな……！　師匠はおっきいし、いい匂いがするし、大きいし!!」

「大人の姿をどれくらい保てるか、ネフィアとちょっとした賭けをしているんだ」

そのついでにステラをベッドに運べと言われたと、ウェルナーは説明する。

ネフィアは、ステラとウェルナーの仲が進展するよう願っている。だからこれも彼女の策だろうが、この状況からどう脱したらいいかがわからない。

そのうえウェルナーは、更に困らせるような質問を投げかけてきた。

「そういえば、この姿はどう思う？」

「……どうと、言いますと？」

「感想を聞きたい」

向けられた眼差しには、熱い期待が込められている気がする。

「ステラと同い年の男性の体格や容姿を研究し、自分の身体的特徴を加味して創り上げたのだが、違和感などはないだろうか」

「そ、そうですね……、元の師匠を知らなければ違和感はないと思います」

「それは元の俺と剝離《はくり》しすぎているということか？」

「い、いえ……。師匠が十八の頃はきっとこうだったんだろうなと思う容姿です。でも一般的に人は若返りませんから、姿が変わったことへの違和感がすごくて」

ようやく少年の姿に慣れてきたところだから、余計に戸惑ってしまうのだと説明すれば、彼は納得したらしい。

「ちなみに、ステラはどの俺が好きだ？」

「えっ、どの俺って？」

「ネフィアに、聞いてみるように言われたのだ。好みから剥離した姿で長時間接していると、お前に精神的苦痛を与えることになると」

「精神的苦痛なんて感じていませんよ」

「だができるだけ好ましい姿でいるべきだろう」

だから早く教えろと迫ってくるウェルナーに、ステラは慌てて考え込む。

「ど、どの姿も好ましく思っているので、師匠のお好きな姿でいればいいかと」

「その中でも、どれが一番いい。望みの年齢があれば対応も可能だぞ」

なんだったら老人になろうかと言われ、ステラは慌てて首を横に振る。

「若いほうが好みか？」

「好みというか、老人だと師匠が生活するのに大変でしょう？」

「確かに、歩行に支障が出てステラに面倒をかけるのは問題だな」

「それに、老人からお母さんって呼ばれるのは複雑です」

「ならば、やはり子供か？」

「抱っこするのならそれが一番ですけど、やっぱり私は師匠がいたい姿でいてほしいです」

母親扱いは複雑だし、好みで言えばいつものウェルナーが一番ではある。かつて自分を助けてくれた彼の姿はステラにとって特別なのだ。

（でも、ここに来て以来、師匠はすごく生き生きしてる。だったら師匠が一番ほっとする姿でいてほしいな）

そんな思いで凜々しい面立ちを見ていると、ウェルナーがふっと笑みを作る。いつになく甘い笑顔に、ステラは思わず頬を染めた。

（この姿は、心臓に悪い……）

そんなことを考えていると、ウェルナーがステラの唇を指でなぞる。突然のことにビクッと身体を震わせると、彼は笑みを深めた。

「よし、ならば一度試してみよう」

「え、試す……？」

「色々な姿になって、どれが一番自分に馴染むか試したい。それにお前も、直に見ればどれが一番好きかわかるだろう」

そう言って彼は大きな手でステラの頭を引き寄せると唇を奪った。

「んッ……なん……で……!?」

「変異魔法を乱発しすぎて魔力が枯渇してかけた。だからそれを補わねば」

「でも……ッ、ん!?」

今でなくてもいいのではと、言おうと開いた口にウェルナーの舌が差し入れられる。子供のときのキスと今とでは、何もかもが違った。魔力を馴染ませるために口腔を撫でる舌の動きは激しくて、呼吸さえできなくなってしまった。

「……ん、……ふ、あ……ッ」

口からは自分のものとは思えぬ声がこぼれてしまう。

ウェルナーも甘い声に驚いたのか、慌てた様子で唇を放す。そのままじっと見つめられると恥ずかしくて、ステラは口元を手で隠した。

「み、見ないでください」

か細い声で訴えると、ウェルナーが僅《わず》かに目を見開いた。

「無理を言うな」

「む、無理って……なんで……」

「俺は今、ステラから目を逸らしたくない」

それどころか、ウェルナーはもう一度口づけようとするように顔を近づけてくる。

受け入れたいと思った自分にステラは戸惑う。

魔力の受け渡しのためとはいえ、このキスはあまりに激しすぎる。なのにそのキスを、求めてしまっていた。

（でもだめ……、キスなんかしたらだめ……）

ウェルナーの口づけは、ステラの本心を暴《あば》いてしまう。そんな予感に、慌てて彼から顔を背けた。

「も、もう十分魔力は渡しました」

拒絶に気づいたのか、ウェルナーがそこで動きを止める。

「……ああ、そうだな」

「なら、早く子供に……」

戻ってと言うより早く、ウェルナーの姿が陽炎《かげろう》のように揺らいだ。

子供に戻るのだと安堵したが、次の瞬間大きな掌《てのひら》で顎《あご》を摑まれる。

「いや、戻るのはもう少し後だ」

上向かされた視線の先には、見慣れた師の姿があった。

三十代半ばほどの顔立ちで、ステラがずっと思い慕っていた姿である。

「ああ、お前はやはりこの姿が好きなんだな」

「なっ、なんで気づいて……!?」

「星を見ているときと、同じ目をしている」

そう言うと、師が再び唇を寄せてくる。

今度は避ける間もなく、柔らかなぬくもりが唇に重なった。

先ほどのような荒々しいキスではなく、だからこそたまらない気持ちになる。

（どうして、こんなキスを……）

魔力が譲渡される気配は感じるが、その量はあまりに少ない。

舌も使わず、触れるだけの行為は、ただぬくもりを寄せるだけのように思えた。

「お前の唇は、柔らかいな」

キスの合間に、ウェルナーがふっと微笑む。

その笑みは、見るたびに恋をした懐かしいもの。高鳴る胸を思わず押さえたが、動揺はなかなか収まらない。

「く、唇は……誰だって柔らかいかと」

混乱のあまり自分が何を言っているかわからなくなるが、ウェルナーはその返事を気に入ったらしい。彼は微笑みながら、自分とステラの額《ひたい》をそっと重ねた。

「でも昔、アティックとしたときはガサガサだったぞ」

「ア、アティックさんともキスしたんですか？」

「あいつが魔力切れを起こしたとき、譲渡してやったのだ。でもあれは全く心地よくなかった」

アティックは舌使いも下手だったと言う師に、ステラは思わず笑ってしまう。

「おかげで魔力の譲渡も上手くいかず、長い時間をかけなければならなかったらから余計に最悪だった」

　でも……と、そこで不意打ちのようにちゅっと唇を吸われる。

「お前との口づけは驚くほど心地いい。それに子供の唇でするときより、本来の姿でしたときのほうがずっといい」

　自分より年上の兄弟子と比べられたら、普通は憤慨《ふんがい》すべきなのかもしれない。

　けれどウェルナーの笑顔はあまりに純粋だから、怒りを感じるどころか胸が少しキュンとしてしまう。

「だから今後、魔力の譲渡をするときはこの姿になろう」

　大真面目に言い出す彼に、ステラは慌てて首を横に振る。

「譲渡が必要なほど魔力が枯渇しているときに、姿を変えるなんて無理なのでは」

「……ならこの姿を俺の基準に戻そう」

「で、でも、子供になりたかったんですよね!?」

「それはそうなのだが、キスはありのままの姿でするのが一番いい」

　だからもう一度魔法を組み直そうと、師は何やら難しい顔で考え出す。

　真剣な面立ちは凛々しく、ステラは慌てて視線を逸らした。

（こんな間近で見ていたら心臓が壊れそう……）

　どうか離れてほしいと考えていると、再び彼の姿が揺らぎ子供の姿に戻った。

「うむ、やはり肉体の変化は魔力の消耗が激しいか。……だが、そもそも質量の変化を最低限にすればあるいは……」

ブツブツと言い出すウェルナーの目が段々とろんとしてきている。

たぶん度重《たびかさ》なる変身で、魔力が底を尽きているのだろう。

「と、とりあえず少し休みましょう。師匠の身体はもう限界みたいですし」

「魔力をもらえれば問題ない」

「今日はたくさん渡しましたし、私だって量が多くないのでこれ以上は無理です」

「確かに、お前まで倒れさせるわけにはいかないな」

納得したのか、彼はステラの隣にころんと横になる。途端に寝息を立て始める師の姿にほっとしつつ、ステラは呻《うめ》きながら手で顔を覆う。

「……心臓が、もたない」

独り言とため息をこぼし、一人身もだえる。

(それに私、師匠のことがまだ好きだ……)

母親になれと言われたとき、この恋は終わったと思っていた。

共に暮らすうちに、少しは気持ちが落ち着いたと思っていた。

けれど久々に大人になった師の顔を見て、ステラの心は前よりもずっと強く震えている。

(やっぱり、あの姿でキスをしてもらうのはやめよう……)

そうしなければ、この気持ちがいつかあふれて止まらなくなる。
ステラのこの感情はウェルナーの求める生活の邪魔になるだろう。
(私はお母さん。お母さんにならなきゃ)
次はちゃんと拒もうと決めたのだが、その決心はすぐに覆ることになるのであった。

第三章

「なんだかステラ、このところ前より綺麗になったんじゃない？」

ニヤニヤ顔で近づいてくるネフィアに、ステラはフライパンを片手にうんざりした顔をする。

「あんまりからかうと、お昼抜きですよ」

「あ、やだやだ！　ステラのパンケーキ、絶対食べたい！」

小さな姉弟子はそう言って腰に抱きついてくるものの、いまいち反省しているようには見えない。

ため息をこぼしながら、ステラはほどよく焼けたパンケーキを皿に移す。ちなみに皿にはすでに二十枚近くのパンケーキが盛られており、ネフィアがそれに苦笑を向けた。

「さすがに作りすぎじゃない？」

「大丈夫です。食べきれない分は、師匠が作ってくれた特製冷蔵庫で冷凍するので」

「昔からあんた、悩み事があるとそうやってパンケーキ焼くわよねぇ」

「悩み事があるってわかっているなら、この状況をなんとかしてくださいよ」

恨みがましい声が出たのは、ネフィアが来て以来ステラの日常が慌ただしいせいだ。

近頃ウェルナーとネフィアは二人して、変異魔法のさらなる研究に取りかかっている。

魔力の消費を抑え、肉体になるべく負荷をかけない魔法を編み出そうとやっきになっているのだ。

とはいえ道のりはまだ遠く、ウェルナーはしょっちゅう魔力切れを起こしている。

その結果キスの回数が増え、毎日ステラはドキドキしっぱなしだ。

（最近は大人の姿だったりするから、余計に心臓に悪すぎる……）

大人の姿になった師とはキスをしないと決めたが、魔力切れを頻繁《ひんぱん》に起こすせいで彼は体調を悪くしている。頭痛や発熱まであり、倒れる彼を無下にはできなかった。

キスをするたびあたふたするステラを、ネフィアはいつも楽しそうに見ている。

「キスくらいで慌てすぎなのよ。それにほら、キスから始まる恋ってのもあるし、むしろ喜ばしいことじゃない」

「わ、私は別にこの恋が始まってほしいとは思っていません」

「別に誰に止められてるわけでもないのに、なんでそう頑《かたく》ななの？」

「だって、師匠は私の恩人で一番大事な人です。彼を煩《わずら》わせるのは嫌ですし、私じゃ相手として釣り合いがとれません」

まだ魔法院にいた頃、ステラは『お前はウェルナー様にふさわしくない』と言われ続けてきた。彼の弟子となった六歳の頃からずっと投げつけられた言葉は棘《とげ》のようにステラの心に刺さり、今なお抜けることはない。

だから身の丈に合わない願いは持たぬように、師の役に立つためだけに、側にいようと決めたのだ。

「私の目から見たら、ステラほどウェルナーにぴったりな人はいないと思うけどなぁ。あいつがこんなに懐いて我が儘を言う相手は、他にいないもの」

「それは世話係として、ですよ。もしくは母親代わりとして、ちょうどよかったのかと」

「それだけじゃないかもよ？」

「でも、ねだられるのは抱っこばかりですし」

「いや、他のことだってきっと求めてるわよ。そもそもあいつが何かを求めるって、とっても特別なことなんだから」

「だとしても、きっと母親的なものに違いありません」

ないとは思うが、乳を吸わせろとか言われたらどうしようと考えていると、突然キッチンの扉が開く。ウェルナーかと思ったが、振り返っても誰もいない。掃除などを行っている魔法人形の姿もなく、ステラは首をかしげる。

「ネフィア姉さん、今誰か来ましたよね？」

隣を見ると、ネフィアが足元に目を向けている。その視線の先を目で追った瞬間、すねのあたりにとんっと柔らかなものが当たった。

「あふッ！」

そこにいたのは、なんと赤子である。

それもウェルナーによく似た幼児である。

「だだっ、だー！」

抱っこしろと言いたげにステラに向けて腕を伸ばす赤子に、隣のネフィアが思いきり噴き出した。

「あーあ、これは派手に失敗したわねぇ」

「だっ！」

「やっぱり肉体の変化を促《うなが》すには、魔法薬では荷が重そうかしら？」

「あふっ」

「ああ、ややこしい魔法は維持が難しいのね。やっぱり魔力が劣化しちゃう感じ？」

「あうっ！」

「なるほど。そのうえ元の要素を欠片も残せないから、声すら出せないか……。これは興味深い結果ね」

片方が赤子なのに会話が成立しているらしいことに驚きながら、ステラは赤子をそっと抱き上げた。

赤子は、ウェルナーがいつも来ているローブそっくりの服を着ている。

変身のたびに全裸になる師に『服も合わせて変化するようにしてください！』と怒ったことを思い出したステラは、頭が痛くなった。

「もしかしなくても、師匠なんですね……」

「だっ！」

「あ、あの……これどうすれば」

「たぶん今回は魔法薬の失敗だから、効果が切れるまでそのまま抱っこしてあげて」

「ちなみにどれくらいです？」

「短くて半日くらいかしら」

「半日、このままですか⁉」

「このままよ」

「だっ！」

肯定するように縋りついてくる師に、ステラは遠い目をする。

（いやでも、大人の姿でキスされるよりはマシかも）

目の前の赤子はステラのパンケーキに目を輝かせている。

「あの、この身体でパンケーキ食べていいんでしょうか？」

「問題ないと思うわよ。でも食事をするならベビーチェアが必要ね」

「前掛けとかいりますかね」

「魔法でちゃちゃっと用意しちゃいましょうか」

ネフィアは楽しげに言い、ウェルナーは「だっ、だっ！」とパンケーキをねだっている。

はしゃぐ師の姿は愛らしく、ステラはつい目が釘付けになる。

とんでもない状況だが、赤子になった彼はあまりに可愛すぎた。

だからこそつい、ステラの脳裏にある想像が浮かぶ。

（もし師匠との間に子供ができたら、こんな感じなのかな……）

などと思ってしまったところで、はっと我に返った。

愛らしい師の姿を見たせいで、くすぶっていた気持ちが蘇《よみがえ》ってしまったらしい。

ステラは今でも、家族と過ごした幼い頃のことを大事に覚えている。その記憶は今なお輝いていて、いつかあの頃のように新しい家族を得て幸せに暮らしたいという強い思いがあるのだ。

だが、ウェルナー以外に心が動く誰かとは出会えず、恋人さえいないという有様だ。

（子供とか……そんなのあり得ないから……！）

そもそも師匠とは恋人ではないし、結婚だって絶対にあり得ない。

(師匠は子供を作れない可能性が高いって、誰かが言っていた気がするし……)

長い年月を生きていると、どうしても身体は劣化する。中でも最初に駄目になるのは生殖機能らしく、故に師は子供を作れないに違いないと、弟子の誰かが話していた。

子供に全く興味のないそぶりからして、たぶん事実だろうとステラも思っている。

ただそれでも、つい彼と家庭を築く妄想が頭に浮かんでしまう。

(本当の子供じゃなくても、師匠や子供たちと暮らせたら幸せだろうなぁ)

「あんた、師匠と大家族を作りたいなぁとか思ったでしょう」

「そ、そんなこと考えてませんよ!?」

お見通しだと言いたげなネフィアに慌てて反論すると、腕の中にいるウェルナーがもの言いたげにじっとステラを見つめていることに気づいた。

「本当に考えてませんから！　それよりほら、パンケーキ食べましょう！」

「あぶっ」

頷いた赤子にほっとしつつ、ステラは頭の片隅に残った妄想を振り払った。

その後、赤子のウェルナーが子供の姿に戻ったのは翌日の朝だった。

「昨日は、迷惑をかけたな」

「かまいませんよ。あれはあれで可愛かったですし」

中身が師匠なので夜泣きなどもないし、食事も排泄も入浴も魔法で勝手に行っていた。だから手もかからず楽だったと言えば、そこでウェルナーが難しい顔で考え込む。

「もしやお前は赤子の俺のほうが好きか？　ならば、あの姿を維持してもかまわないが」

「い、いえっ！　可愛かったですが、意思の疎通も取れないのは面倒ですし」

「でも、お前は赤ん坊が好きだろう。よく弟子たちの子供の面倒を見ていたし」

確かに魔法院にいた頃、ステラは子守りをしていた。

ウェルナーの弟子たちは皆、年に二回研究内容を発表する必要があり、その時期は寝る間もないほど忙しいのだ。

そうした義務を免除されていたステラは、少しでも皆の役に立とうと雑務を積極的に請け負っていた。その一つとして、弟子たちの子供の面倒を見ていたのである。

弟子たちの多くは出会いが少ないせいで未婚だが、中には結婚している者もいる。その場合、相手は魔法院の職員など同僚が殆どだ。そのため研究発表の時期は夫婦ともに忙しくなり、子守りを雇う必要に迫られるのだ。

学問都市の規模に対して託児所の数が明らかに足りず、経験豊富な子守りもあっという間に予約が埋まってしまうため、泣く泣く研究室に子供を連れてくる者が多い。だが子供たちはじっとしていられないし、すぐに飽きて騒いでしまう。

　そのせいで研究が進まないと嘆《なげ》く弟子たちを見かねて、「よかったら面倒を見ましょうか」とステラが手を上げたのである。

　弟子たちの多くはステラの存在をあまりよく思っていなかったが、子供たちは皆ステラに懐いていた。子供の反応で、態度を軟化してくれた弟子たちもいる。

　そのため忙しい時期になると彼女に子供を預ける者は多く、あまりの人気に簡易の託児所を作っていた時期もある。そして子守りで忙しい時期は、「俺にもう少しかまえ」とウェルナーが不機嫌になることもよくあった。

「子供は好きですが、子守りをしていたのは少しでも役に立って、自分の心証をよくしたいという打算もあったからです。私はあまり、他の方たちから好かれていませんでしたし」

「好かれていない？　そんな話、俺は聞かされていないぞ」

　低い声で尋ねられ、兄弟弟子たちとの確執を口にしたのは初めてだと気づいた。

　彼は普段あまり研究室から出ないし、弟子たちもウェルナーの前ではステラを可愛がるふりをしていたから、彼女の境遇について詳しく知らなかっただろう。

「もしや何か、虐《いじ》められたりはしていないだろうな」

「そ、そんなことは……」

必死に誤魔化そうとしたが、ウェルナーの目はステラの嘘をすぐさま暴く。

「なぜ言わなかった。言えば、俺がお前を守ったのに」

「だからです。師匠の手を煩わせたくなくて……」

「弟子の不始末の責任を取るのは、当たり前だろう」

「でも私は、皆さんに疎まれて当然でしたから」

だからいいのだと、ステラはウェルナーに微笑む。

「それにもう、昔の話です。私はもう除名されたも同然ですし、魔法院に戻ることもきっとありませんから」

この話は終わりだと言いたくて、ステラは「朝ご飯の用意をしてきます」とベッドを出る。その背中に不満げな視線が向けられていることに気づきつつ、彼女はそれを無視して寝室を出た。


朝の会話が尾を引いて、なんとなくウェルナーの機嫌が悪い。

ステラも会話を蒸し返されたくなくて、「買い物に行く」と逃げるように家を出た。

ウェルナーはついていきたがったが、昨晩の魔法薬の副作用であまり体調がよくないらしく、ネフィアに「今日は寝てなさい」と命令され渋々引き下がったのだ。

察しのいい姉弟子は、ウェルナーと気まずくなっていることに気づいたのだろう。

「たまには一人で過ごしてらっしゃい」と送り出してくれた。

ウェルナーの転移装置を使い、ステラが出かけたのは『テト』という名の街だ。

魔法使いが用いる道具を作る工房の街で、魔法院で使われる道具や機材の殆どがここで作られている。

ウェルナーもテトの道具を愛用しており、ネフィアと変異魔法の研究をするために新調したい機材があるとこぼしていた。

とはいえテトは学問都市に近く、ウェルナーが行けば正体がバレかねない。

師にかわって必要な道具を買ってこようとステラが思い立ったのは、少しでも彼の機嫌を直したいという思いからだ。

ステラは魔法使いのローブに身を包むと、フードで顔を隠しながら工房が建ち並ぶ区画へと向かう。ウェルナーほど目立つ容姿ではないから誰もステラだとは気づかないだろうが、それでも兄弟子たちとすれ違わないようにと祈りながら往来を歩く。

最初は少し緊張していたが、工房のある区まで来たときにはそれもほぐれ、久々の外出に心も弾み始めた。

テトの街にある工房はどの建物も三階建ての高さがあり、外壁は全て太陽から放たれる魔力を用いるための特殊なガラス張りになっている。

その美しさに目を奪われていると、ふと懐かしい記憶が頭をよぎった。

（ここに来るたびに師匠と、職人さんの動きを外からのんびり見たっけ……）

ウェルナーはあまり外に出ないが、半年に一度だけこの工房に道具を買いに来ることがあった。そういうとき彼は必ずステラをお供にした。他の弟子たちが名乗りを上げても、頑なに「ステラがいい」と言って聞かなかったのだ。

普段の引きこもりっぷりが嘘のように溌剌《はつらつ》とした顔でウェルナーは工房を回り、買い出しが終わると軽食を買って、工房が見える広場で職人たちの様子を楽しげに眺めていた。

そんな彼がなんとも愛おしくて、ステラは文句も言わず一日付き合ったものだ。

（でも、どうしていつもこの街ばかりだったんだろう）

ガラス造りの工房は美しいし、職人たちの働く姿を見るのは確かに楽しい。だがウェルナーが出かけるのは、いつもここだった。

数年に一度、各地に構えた庵で研究を行うときや、争いの仲裁のため戦地に赴くこともあるが、彼が魔法院から出ることは殆どない。

誘っても「俺は引きこもっているほうが性《しょう》に合う」とすげなくされるばかりで、彼が平和な場所でのんびりしている姿はテト以外では見たことがなかった。

（でも最近は買い物にすぐついてくるし、出かけるのも嫌そうじゃないのよね）

今のはしゃぎ方を見るに、何か別に理由があったのではと思わずにはいられない。

（私、実は師匠のことをあまりわかっていないのかも……）

常に側にいて、生活面や個人的な研究を支えていた自分は誰よりも師のことを知っているつもりでいたけれど、それは思い込みだったのかもしれない。

そんなことを考えながら歩いていたせいか、街のあちこちから聞こえてくるウェルナーについての会話が、今日はやたらと気になった。

耳をそばだてれば、話題の多くはウェルナーの死と、魔法院やエデンへの不満だ。

『やっぱり、後任があのアティックだと思うと不安だよ』

『優秀だというけど、結局は師を越えられなかった三流魔法使いだろう？』

『抑止力としては期待できないし、またどこかの国が戦争でも始めるんじゃないか？』

以前とは違い、ウェルナー以上に名前が挙《あ》がっているのは彼の一番弟子アティックだ。

『やはり我々には偉大な魔法使いが必要なんだ』

『あの方がいてくだされば、我々は平和に暮らしていけたのに』

勝手な物言いは変わらず、ステラはモヤモヤとした気持ちを抱えてその場を立ち去る。

（アティックでさえ、役不足だと思われてしまうなんて……）

彼は歴代の弟子の中でも、一番優秀だと言われる男だ。

確かに魔法や魔道具の発明はウェルナーが行っていたが、それを拡大し世界に普及させていたのは彼の功績だと言っても過言ではない。

アティックが一番弟子になったことで、エデンはもちろんテトのような周辺の街も、発展することができたのだ。その功績さえ認めてもらえないなんてと、ステラは歯がゆい気持ちを覚える。

世の中の不安と混乱を収めるためにアティックが苦心しているのは明らかなのに、ウェルナーのことを伝えないのは果たして正しいことなのだろうかという思いが頭をよぎる。

しばらく悩むものの答えは出ず、ステラはトボトボと工房が建ち並ぶ通りを進む。

（あれ……？）

そのとき、ステラは妙な違和感を覚えた。

（なんだろう……魔力が、遠くから迫ってくる……）

続いてズキリと頭が痛み、ステラは思わず立ち止まる。

次の瞬間、突然目の前の世界がぐにゃりと歪んだ。

（……ッ、これ……、魔力酔いに似てる）

魔力の感知に秀《ひい》でたステラは、大量の魔力を浴びると目眩《めまい》に似た症状が出ることがある。

とはいえ、体調不良に陥《おちい》るほどの魔力を浴びることなどそうそうない。魔力酔いになったのは、ウェルナーの実験に付き合ったときくらいのものだ。

もしかしたら、どこかの工房から大量の魔力が漏れだしたのだろうかと考えたところで、再び視界が歪み乱れる。

（ちがう……。この魔力は……西の方から来ているみたい……）

それもずっと遠く――エデンのあるあたりからだと気づいた瞬間、先ほど以上の魔力波が身体を貫き、ステラは思わずその場に膝をついた。

衝撃波を伴う魔力の波に、ステラ以外の魔法使いたちも次々とその場にしゃがみ込んだ。ステラほどの感知能力がなくても、凄まじい魔力に耐えられなかったのだろう。

魔力の影響を受けたのは、道行く人々だけではなかった。魔力の波がようやく収まると、今度はギギギと黒板を爪で引っ掻《か》いたような音が響いてくる。

あまりの不快音に耳を塞いだところで、ステラは愕然とした。

魔力と衝撃波の影響で、ステラを取り囲む工房の壁に亀裂が入っていたのだ。壁は耐久性の高い特殊なガラスでできているにもかかわらず、亀裂はどんどん広がり、建物の中にいる職人たちも驚愕していた。

今にも割れてしまいそうなガラスに危機感を覚えるが、今は安全な場所はどこにもない。

そのうえステラは、魔力の第三波が迫っていることに気がついた。

先ほど以上の目眩に襲われ、立ち上がることすらできないステラの頭上で、ガラスが砕け散る音が響く。

顔を上げた瞬間、ガラス片がいくつも降り注いでくるのが見えたが、もはや逃げることは叶わない。

「――ステラ!!」

そのとき、誰かがかばうようにステラを抱き寄せた。

おかげでガラス片の雨から守られるが、砕ける音はなおも響いている。

「この場から動くな、いいな」

耳元で響く声に顔を上げると、かつて二人でここに来たときと同じ、大人の姿のウェルナーが立っていた。

彼はステラを安心させるように微笑むと、腕を振り上げる。

次の瞬間、人々の頭上に降り注ぐガラス片は花びらへと変貌した。

薄紅色の花びらは緩やかに舞い、世界を美しく覆い尽くす。

まるで幻のような光景に、ステラだけでなく周りの人々も固唾を呑んで見入っていた。

舞い広がった大量の花びらが静かに地面に落ちた頃、ようやく魔力の波も収まった。

危機が去り改めて周囲を見れば、見渡す限り全ての通りを大量の花びらが覆っている。

砕けて落ちたはずのガラスは、小さな欠片さえ残っていない。

(これを、全部師匠が……?)。

魔法の規模に驚くと同時に、ステラが覚えたのは不安だった。

今の彼は以前より魔力量が少なくなっている。これほどの魔法を使って無事でいられるわけがない。高齢の魔法使いにとって、魔力は生命維持に欠かせない大事なものだし、それが失われれば身体に異常をきたすこともある。

慌ててウェルナーの顔を覗き込むと、案の定彼の顔は真っ青だった。

その右目から流れる血の涙を見て、ステラは悲鳴を上げた。

ゆっくりと膝から頽れるウェルナーを支えたところで、ステラの口からは再び悲鳴がこぼれかける。

抱き支えようと背中に回したステラの掌に、べったりと血がついていたのだ。

慌てて師の背中を見れば、そこには大きなガラス片がいくつも突き刺さっていた。

「もしかして、さっき私をかばって……」

「問題ない……。どのみち、これしきでは死なない……」

泣きそうなステラを見つめ、ウェルナーは落ち着けと言いたげに頭を撫でてくる。

「ともかく……ここを離れよう……。今は、身体を変化させられない……」

正体がばれたらまずいとステラも気づき、帰路の魔法を発動させる。

すぐに二人の身体はサロンに戻り、ステラはウェルナーを寝室へ運んだ。その途中、研究室から出てきたネフィアと鉢合わせすると、彼女は師を見て悲鳴を上げた。

「ちょっと、何があったの!?」

小さな身体で、ネフィアもウェルナーを支えてくれる。

姉弟子の手を借りて師を運びながら、ステラはテトの街で起きたことを急いで話した。

「魔力波はここでも観測できたわ。その直後にウェルナーがすっ飛んでいったから、何事かと思っていたの」

二人がかりでウェルナーをベッドに寝かせると、すぐさまネフィアが彼の背中に手をかざす。

彼女は癒《い》やしの魔法をかけようとするが、ウェルナーがかまうなと言うように身体を起こした。

「動いちゃだめよ！　今、ガラス片を摘出するから待って！」

「……魔力さえあれば傷は問題ない。……それより……」

軽く咳《せ》き込みながら、ウェルナーがネフィアをじっと見つめる。

「お前には、もう一度……テトに戻ってほしい……」

「もしかして、他にも怪我人がいる？」

「……あの魔力波が、どうにも気になるのだ。たぶん……出処は……魔法院だ……」

「もしかして、探ってこいってこと？」

「……得意、だろう」

「そうだけど、怪我を治さなくて本当に大丈夫なの？」

「俺が死なないのは、知っているだろう」

行けと手を振るウェルナーに、ネフィアは渋々頷く。

それから彼女は、部屋を出て行きながらステラの手を引き廊下へと連れ出した。

「ウェルナーのこと、お願いね」

「……でも、回復魔法も使えない私だけで大丈夫でしょうか」

「魔力さえあれば、あいつは自力で傷を癒やすわ。ただあそこまで魔力が減ってると、少し危険かもしれない」

だから……と、そこでネフィアが小さな小瓶《こびん》を二つ渡す。

「もしウェルナーが危ないと思ったら、これを使って」

「これは、傷薬ですか？」

「私が試作した延命薬。正確には、魔力と生命力を相手に受け渡す薬なの。こっちの赤い薬を飲んだ人から、青い薬を飲んだ人へと移るから……」

「私が赤を飲めばいいんですね」

すばやく答えたステラに、ネフィアが「頼もしいわ」と笑った。

「ただ場合によっては、移すには深い身体の繋がりも必要なんだけど……、意味はわかるかしら？」

明言はされなかったが、それがどのような行為かもステラは察していた。

「ええ、以前師匠にねだられたことがありますから」

「あいつ……」

「も、もちろんそのときは断りました。でも、師匠を助けられるなら抵抗はありません」

ステラは赤い魔法薬を一気に飲む。

途端に身体がカッと熱くなり、小さく咳き込んだ。

「使用者の魔力と生命力を高める効果もあるから、少し熱っぽくなると思うけど譲渡が終われば落ち着くから」

「わ、わかりました」

「ひとまず一度キスで魔力を受け渡して、ウェルナーの傷が治ったら続きをして」

回復魔法を使うと魔力が枯渇するからと言われ、ステラは頷く。

二人はお互いの健闘を祈り、それぞれがなすべきことをするために別れた。

部屋に戻ると、ウェルナーが魔法を使うときのように指先を動かしている。

さすがにこの状況で魔力を消費するのは命取りだと思い、慌てて側に駆け寄った。

「魔力を移すので、少し待ってください」

顔を上げたウェルナーの口に、ステラは無理やり薬の瓶を突っ込む。

薬は飲み下したものの、彼の眉間に僅かだが皺《しわ》が寄った。これは不機嫌なときの顔だ。

「なんだ、このまずい薬は……」

「説明する前に、少しだけ黙ってください」

言うなりウェルナーの頬を両手で挟み、ステラは彼に口づける。

戸惑う彼の口を舌でこじ開け、口腔に魔力を流し込む。少しでも馴染ませるために舌を動かしていると、ぐっと腰を抱き寄せられた。頭の後ろにも手を回され、ステラの小さな舌がウェルナーの舌に絡め取られる。

もっと、もっとと求めるように、舌を使って魔力と唾液を絡め取られるとステラの息が乱れる。なんとか鼻で息をしようとするが、顔の角度を変えながら貪《むさぼ》るような口づけをされるとそれもままならない。

「……んっ、師匠……」

さすがに苦しいと訴えると、ようやく口づけが止まった。

「……ま、まず……傷を……治さないと……」

呼吸を整えながら言った直後、カランと足元に何かが落ちた。

彼が魔法を使った様子はないのに、背中からガラス片が自然と抜け落ちていく。

裂けた衣服の下にあった傷も、時を戻すように塞がっていくのが見えた。

「……あまり、見るな……」

苦しげな声に、ステラは慌てて視線を彼の顔へと戻す。

傷は癒えていくようだが、相変わらず顔色が悪い。

取り込んだばかりの魔力も、すでに底を尽きかけているのだろう。

「見ません。でもかわりに、傷が癒えたら教えてください」

着ていたローブを脱ぎ、シャツとスカートも脱ごうとすると、ウェルナーがステラの手をそっと握る。

「……なにをする……つもりだ……」

「魔力と生命力を受け渡すんです」

「それなら、キスですればいい……」

「キスでは足りないくらい、師匠は今魔力不足に陥ってるんです。だから……」

手をそっと振り払い、ためらいと共にシャツとスカートを脱ぎ捨てた。

白い薄手のスリップとショーツ一枚になり、ステラは師の身体に身を寄せる。

「……こういうことは……嫌だと言っていただろう……」

「あ、あのときはそうする必要がないと思ったからです」

でも、今のウェルナーにはステラの魔力が必要だ。彼の目は虚《うつ》ろになり、顔色もどんどん悪くなっていく。

近づきつつある死の影に、ステラは師が亡くなったと聞かされたときのことを思い出して震えた。

「もう、あんな思いは二度と御免です」

だからウェルナーを死なせるものかと決意しながら彼に口づける。

そのまま彼のローブに手をかけ脱がそうとすると、ウェルナーは自らそれを脱いだ。血で濡れたシャツも脱ぎ捨て、ズボン一つになった彼がステラをぐっと抱き上げる。ステラもまた少しでも魔力を移せるようにと腕を回し、二人はもつれ合うように倒れ込んだ。

徐々にキスが深まり、今度はウェルナーが舌を差し入れてくる。

魔力だけでなくステラ自身をも食らうような荒々しいキスに、僅かに腰が引けた。

だがすくんだ舌をすぐさま絡め取られ、僅かな恐怖は愉悦で塗りつぶされた。

「……あ、ん……ふぅ……」

息の仕方も忘れ、口からは甘い声ばかりがこぼれる。

（なにこれ……、すごく……気持ちがいい……）

薬で火照《ほて》っていたせいか、身体がどんどん熱くなっていく。

同時に、身体の奥から魔力がとめどなく溢れてくるような感覚をステラは覚えた。

（これ……、もしかして薬のせい……？）

ステラは決して魔力が多いわけではない。なのに今日はそれが尽きる気配がなかった。

だがそれが逆に、彼女の身体にかつてない変化をもたらす。

「……師匠……なにか……変、です……」

こぼれた声に、ウェルナーが慌ててキスを止める。

それから彼はステラの身体に目をやり、眉間に深い皺を刻んだ。

「熱くて……身体……が、疼いて……」

「たぶん薬のせいだな。少しでも早く、多くの魔力を受け渡せるように、身体を変化させる効果があるに違いない」

「身体を……変化させる効果……？」

「これだ」

ウェルナーがステラのショーツを撫でた。途端に細い腰が跳ね、ぐちゅりといやらしい音が響く。まさか漏らしてしまったのかと慌てて下腹部を見ると、薄いショーツには染みができている。

「わ……私……」

「慌てるな、たぶん感じやすくなっているだけだ。それに、身体に留まりきれなかった魔力が外に出ようとしているのだろう」

「でも、こんなところ……から……？」

「女性は子宮に魔力を宿す。それ故、ここから溢れることは普通だ」

ウェルナーの指が下着の上からステラの入り口を撫でる。

それだけでビクンと腰が跳ね、彼女は思わず師の身体に縋りついた。

あふれる魔力と共に、愉悦《ゆえつ》が身体を駆け抜けていく。軽く撫でられただけで飛びそうになる理性を必死に摑み、ステラはなんとか呼吸を整えた。

「大丈夫か？」

尋ねられ、慌てて頷く。

それはこちらの台詞だと思いながら、ステラはそっと下着に指をかけた。

「平気です……。それより、師匠に魔力を……分けないと……」

「本当にいいんだな」

むしろ一刻も早く彼に奪ってほしいとステラは思っていた。

「早く……、それにここから……奪って……」

恥じらいを捨て、ステラは下着を下ろしてベッドに横たわる。

ウェルナーが魔力を得やすいようにと、彼女はスリップの裾を持ち上げ、脚を開き膝を立てた。

己がいかに扇情的《せんじょうてき》な格好をしているか気づかぬまま、ステラはあふれる魔力に合わせて腰をビクビクと震わせる。身体は朱色に染まり、上気した頬が艶《つや》やかに色づく。

「お前は、こんなにも美しい顔をするのだな」

感嘆の声をこぼしながら、ウェルナーがステラの膝に手をつく。

彼は魔力と蜜《みつ》を溢れさせる弟子の花に、そっと唇を重ねた。

「……あっ、ん……」

ウェルナーの舌先で蜜を拭い取られると、得も言われぬ心地よさが全身を駆け抜ける。

だが愉悦は、それだけでは終わらない。

襞《ひだ》をかき分けた舌が、ステラの入り口をぐっと押し開いたのだ。途端に全身が甘くしびれ、僅かに浮かせたつま先がぎゅっとまるまる。

感じたことのない激しい快楽に合わせ、身体の内側から魔力が更にあふれ出す。

それをウェルナーは舌で掻き出し、蜜と共にごくりと飲み込んだ。

(私……師匠に……食べられちゃってる……)

浅ましい行為のはずなのに、ステラの心と身体に芽生えたのは言い知れぬ悦《よろこ》びだ。

気がつけば自ら腰を振り、より魔力を受け渡ししやすいようにと師の唇に秘部を擦りつけている。恥じらいさえ感じないのは、あふれる魔力と熱が彼女の理性を溶かしてしまったからだろう。

ウェルナーも、夢中になってステラを貪っている。

舌はより深い場所へと入り込み、隘路《あいろ》を抉《えぐ》りながら魔力を掻き出していた。

処女であるステラの道は狭いはずだが、あふれる魔力が膣を押し広げているせいで舌はやすやすと奥へ到達できるらしい。

「……ん、ああッ、あ……！」

隘路の奥、ある一点を舌が抉った瞬間、ステラの口からひときわ大きな嬌声《きょうせい》がこぼれる。

(今の……何……？)

意識すら奪われそうな強い快楽に、本能が恐怖を覚える。

だがそれを塗りつぶすように、ウェルナーの舌が同じ場所をより強く舐《なぶ》った。

「あ、……そこ……ッ、だめ……」

拒絶の言葉を発したが、むしろ身体は愉悦を求めるように震えている。

それを察したのか、師は舌先でステラの感じる場所を容赦なく捏《こ》ねる。

「……んッ、……へ、変に……おかしく……なっちゃう……ッ」

さらなる魔力をあふれさせながら、ステラは身もだえ悲鳴を上げた。

快楽の渦に身も心も引き寄せられ、逃《のが》れる術《すべ》はもはやない。

「……ああ、もう……だめッ――!」

喘《あえ》ぎ乱れながら、快楽に飲まれた意識が白く爆《は》ぜる。

ビクビクと身体を震わせ、手足でシーツをかき乱し、ステラは初めての絶頂に果てた。

ウェルナーがようやく唇を放し、弟子の身体を抱き支える。

法悦に飲まれ、上気するステラの顔を師は食い入るように見つめていた。

快楽の波が引き、ようやく理性が戻り始めてもその視線は逸らされない。

恥じらいも戻ってきたが、それより先に彼女が感じたのは安堵だった。

そっと手を伸ばした師の顔は、ずいぶんと顔色がよくなっている。

「……もう、平気……ですか……?」

問いかけると、ウェルナーは頷いた。

「ひとまず大丈夫そうだ」

「よかった……」

ネフィアには身体を繋げろと言われたが、ステラにはもうその余力はなさそうだった。逆にステラのほうが魔力切れを起こしそうな有様に、ウェルナーが慌ててぐったりとした身体を抱き寄せる。

「少し、お前に魔力を戻そう」

「でも、師匠が……」

「もらった魔力で身体を強化した。今はもう、魔力も戻っている」

そう言って、ウェルナーがステラに口づけてくる。

薬の効果も切れ始めたのか、逆に師の魔力が心地よく身体に広がっていく。

先ほどの荒々しさが嘘のような優しいキスに、ステラは思わず逞しい身体にぎゅっと抱きついた。

（よかった……本当に大丈夫みたい……）

ほっとすると同時に、身体の奥が疼く。繋がれなかったことが残念だと訴えるように心と身体が震え、僅かな寂しさが全身に広がる。

でも必要がないのに彼を求めるなんて間違っている。

そう考え、ステラは師を抱きしめる腕をそっとほどいた。

「少し……眠ってもいいですか……」

「もちろんだ。俺も少し休みたい」

「なら……」

一緒にと言いかけて、ステラは慌てて言葉を飲み込む。

けれどウェルナーは、彼女の望みに気づいたらしい。

彼は小さな弟子の身体を抱き寄せ、腕の中に閉じ込めてしまう。

「こうしていたいが、嫌か……？」

「いいえ、嫌なわけない……」

「なら起きるまでこうしていたい」

そう望んでくれたことが嬉しくて、ステラはもう一度師をぎゅっと抱きしめる。

ぬくもりが重なると、幸せな気持ちと共に睡魔がやってくる。

このまま眠ってしまうのは少しもったいない気がしたけれど、眠気には勝てずステラはゆっくりと目を閉じたのだった。

第四章

「ステラ」
そっと名を呼ぶと、愛弟子《まなでし》は無意識にウェルナーの身体に抱きついてくる。
深い眠りに落ちているのか、声をかけてもまだ目覚める兆しはない。
それに物足りなさを覚えながら、ステラの柔らかな頬をそっとつついてみた。
途端にくすぐったそうに身じろぐ仕草は、初めて会ったときから変わっていない。
(なのになぜだろう。今日は胸の奥が妙に疼く……)
甘いような、切ないような、得体の知れない疼きにウェルナーは一人戸惑う。
ウェルナーは昔から、自分の考えや気持ちを読み解くのが下手だ。
人はウェルナーを英雄や救世主と呼び、時には神のようだと言う人もいる。
だが当人に言わせれば、自分ほど欠陥だらけで神から遠い存在は他にいない。

有り余る魔力を持つかわりに、生まれたときから色々なものが欠落している。

人間らしい思考や感情はその最たるもので、自分の考えや気持ちが自分でもわからない。

特にわからなくなるのが、この弟子と接しているときだった。

ウェルナーはずっと、何かに執着するということがなかった。してはならないとさえ言われていた。

けれどステラは、会った瞬間からウェルナーの心を動かし夢中にさせた。

見たい、話したい、触れたい、とにかく側にいたいとそう思うのだ。

他の弟子たち曰く、そうした感情を抱くのはステラに「可愛い」という気持ちを抱いているかららしい。

ネフィアもよく「ステラは可愛い！」と言って抱きしめたりくっついたりしているし、他の弟子たちも「師はステラを特に可愛がっていますね」とよく口にしていた。

可愛いという感情の子細をウェルナーは理解できていないが、それを得たことによって自分の人生はより鮮やかになったように思う。

だからこそステラを側に置き、その彩《いろど》りをウェルナーは楽しんだ。

けれど今この胸にあるのは、明るくて楽しいだけのものではない。

「なぜだろう、こんなに可愛いのに……俺は今猛烈にステラを食らいたい……」

昨日散々魔力を貪ったくせに、まだまだ足りないと身体が訴えている。

もう体調は回復したのになぜだろうと考えながら、弟子の髪にそっと顔を埋めてみた。

彼女の香りを嗅いでいると物足りなさは少し薄れ、ウェルナーはほっとする。

とはいえ落ち着かない気持ちはなくならず、ステラが起きないのをいいことに頬や唇をそっと指で撫でてみる。

ただそれでも足りず、無意識に弟子の唇に顔を近づけた。

「あんた、ついに本当の変態にまで落ちたの？」

あきれ果てた声がウェルナーに理性を取り戻させる。

開いたままの扉から、ネフィアがあきれ果てた顔でこちらを見ていた。

「変態というのは、落ちるのではなく、なるものではないのか？」

「……いいから、ちょっとこっちきなさい」

手招かれ、ウェルナーは渋々ベッドを抜け出す。

そのまま居間まで連れてこられると、ネフィアは彼の身体をじっと観察した。

「とりあえず、魔力不足は解消されているみたいね」

「ああ、ステラが分け与えてくれた」

「抱き潰したりはしてないでしょうね」

「大事な身体を潰したりはしない。それに正確には、抱いてもいない」

ただ魔力をもらっただけだと言うと、ネフィアはなぜだか少し残念そうな顔をする。

「しまった、逆に薬が効《き》きすぎたか……」

「効きすぎは悪いことなのか？」

「キスでも魔力を移しやすくするための薬だったから、ある意味想定内なんだけど……」

言葉を濁し、ネフィアはそこでため息をこぼす。

よくわからないが、彼女にとって想定外のことが起きたのはウェルナーも理解した。

同時に、少しの不安を覚える。

「想定外のことが起きるような薬を、ステラに飲ませるな」

「仕方ないでしょう、あんた本当に死にそうだったんだから」

「俺は死ねないと、お前は知っているだろう」

「それは昔の話でしょう。自分の肉体を作り替えるような馬鹿な魔法を使ったせいで、あんた全然本調子じゃないし」

確かに、ここ最近は以前のようには魔法を使えなくなっている。

「身体の不調が出ているのは、身体を作り替える魔法ではなく死の偽装に使った魔法のせいだ」

魔法院にいるウェルナーの弟子は皆優秀だ。その目を欺くためには、身体を塵も残さず破壊し尽くす必要があった。

目論見は上手くいき一度消滅しかけたが、そこまで壊したものを再構築するにはどうしても時間がかかる。そのうえ再構築中の肉体を子供にしたり大人にしたりと無理をさせているため、死を偽装する前の状態に未だ戻せていない。

「やはり細胞まで破壊するのはやりすぎたかもしれない」

「あんた、どんだけヤバい魔法使ったのよ……」

「理論を説明するのに五日かかるが、かまわないか？」

「やっぱいいわ。……それにしても、そこまでの危険を冒《おか》してまでやりたかったのが、おままごとってホントどうかしてるわよね」

じっと、ネフィアがウェルナーを睨《ね》めつける。

不本意そうな顔を見て「別にままごとはしていない」と言いかけた言葉を飲み込む。

ウェルナーは基本空気も読めず発言もおかしい男だが、ネフィアとは長い付き合いなので叱られそうな気配くらいは感じ取れるようになっていた。

とはいえずっと黙っていることもできないのがウェルナーである。そういえば調べてもらっていた件はどうなったかと尋ねれば、ネフィアがため息をこぼした。

空気が読めないと叱られるかと思ったが、不満そうにしながらも彼女は口を開く。

「結論から言うと、何もなかった」

「何も？　あれだけの魔力波が出ていたのにか？」

「それが変なのよ。誰に聞いても『何もなかった』としか教えてくれなかったの」

そのうえ魔法院の中に立ち入ることさえできなかったらしい。

「アティックにも『君は休暇中のはずだが』って睨まれて、仕方なく帰ってきたってわけ」

それ以上深追いできる雰囲気《ふんいき》でもなかったと言うネフィアに、ウェルナーは首をひねる。

「何か、特別な実験でもやっていたんだろうか」

「それが失敗したってこと？」

「ああ。そうでなければ、あんな魔力波が放たれることはあるまい」

弟子たちは皆、そうした失敗を隠したがる。

ウェルナーは特に序列化しているわけではないが、弟子たちの中では序列があるようで、研究の成果と失敗はそれに大きな影響を及ぼす。そのため発表の席以外で弟子たちが己の研究を開示することはなく、実験の失敗なども隠されることが多かった。

とはいえ大きな被害を与えるほどの失敗は別だし、そうしたときは一番弟子のアティックが処理にあたることが多い。

また彼は人の記憶や感情を操作する魔法にも長けているから、最悪の場合はそれを駆使して騒ぎが大きくならないよう隠蔽《いんぺい》を図《はか》ることもあった。

「アティックが状況を把握しているなら、これ以上問題はないと思いたいが……」

「でもなーんか、きな臭いのよね」

「というと？」

「そもそも私が休暇でステラに会いに来たのも、魔法院の居心地が妙に悪くなったからなの。アティックを中心に、あんたの〝秘密〟を知る高弟たちがこぞって何かをしていたの」

ネフィアがそれに探りを入れて以来、常に見張られているような気配もし始めたのだと彼女は話す。

「下手につついたらヤバそうだったし、そもそもあんたもステラもいない魔法院には未練もなかったから、クビを覚悟で『一年くらい休暇を取るわ！』って言ったらあっさり受理よ受理」

「お前は、俺たちのところに一年も居座る気だったのか？」

「あんたじゃなくてステラのところよ。あの子、あんたが死んですっごく凹《へこ》んでたし、一人にするのも心配だったからさ」

ネフィアの言葉に、ウェルナーは今更ステラのことが心配になる。

「……彼女は、そんなに落ち込んでいたのか？」

「当たり前でしょう。っていうか、事前にあの子には死を偽装するって話しておけばよかったのに」

「彼女に伝え、それが露見する危険を避けたかった。俺の逃走にステラが加担していると知られたら彼女が処罰されかねん」

魔法院から許可なく外に出ることは、ウェルナーにとって最も大きな禁忌である。英雄だ救世主だと持て囃《はや》される一方、彼の強大な魔力は脅威とも取られている。そのため危険視され、許可がなければ自由に外を歩くことさえ禁じられていたのだ。

公《おおやけ》にはされていないが、魔法院を作ったのはウェルナーではない。強大すぎる力を持つウェルナーという魔法使いを閉じ込める檻《おり》として、作られたものなのである。

故にずっと自由はなかった。ウェルナーはそれをおかしいとさえ思ってなかった。ステラと出会い、彼女と自由に暮らしたいと思うまで、魔法院という監獄《かんごく》から出たいとさえ思わなかったのだ。

芽生えた自由への願いは、誰にも理解されず、むしろ自由を求めたウェルナーに人々は恐れさえ抱いている。

彼は意思を持ってはならない。意思は彼の魔力を暴走させ、破壊に導くという考えが魔法院には根付いている。そのせいで、彼に望みを抱かせたステラを危険視する者までいる始末だ。

だからこそ、ウェルナーは己を消そうと決めた。

ステラに危険が及ばぬように。誰にも、二人きりの暮らしを邪魔されないようにと。

「そういえば、私が生きていることはまだ気づかれていないか？」

「一応ね。でもテトの街を救った魔法使いがいるって話は、広まっていた」

本人ではないが、英雄の再来だと皆が噂をしているらしい。

「別人だと思ってくれればいいのだが……」

「まあ念のため、しばらくは大人しくしておいたほうがいいかもしれないわね」

「嫌でもせざるを得まい。俺も、しばらくはあまり動けそうもないからな」

「やっぱりまだ本調子じゃないの？」

「魔力がどうにも少ない。このままでは子供に戻れないし、ステラに抱っこもしてもらえない」

「心配するの、そこなの？」

「当たり前だろう。彼女に抱っこしてもらうために、自分を殺したんだぞ」

「……待って。魔法院を抜け出したのは二人で暮らすためじゃなくて、真の目的は抱っこなわけ？」

「二人暮らしをしたいという望みもあったが、それを実行しようと決めた最後の一押しは抱っこへの渇望だ」

途端に、ネフィアが唖然とした顔になる。

「あ、あんたやっぱり変態ね」

「なぜだ」

「だって、抱っこっておかしいでしょう!!」

「おかしくはない。ステラの抱っこは最高なのだ」

しみじみ言うと、ネフィアがウェルナーの太ももをバシッと叩く。

「絶対おかしい！　そもそも、なんで抱っこなわけ!?」

「以前、ステラが弟子たちの子供を抱っこしているところを見たのだ。そのとき、俺は雷に打たれたような衝撃を受けた」

ウェルナーはステラに対していつも心を揺さぶられていた。だが彼女が子供を抱っこするのを見た瞬間、それまでとは違う激しい情動にかられたのだ。

「俺は、その子供が羨《うらや》ましかった。抱き上げられ、笑顔を向けられ、頭を撫でられたいと強く思ったのだ」

「う、羨ましいってあんた……」

「子供をあやすステラは本当に可愛かった。見た瞬間胸が張り裂けそうになり、これはもう俺が子供になって抱かれるしかないと思ったのだ」

しかしアティックに子供になりたいと相談すると、彼は馬鹿なことを言うなと鼻で笑った。むしろ肉体を変化させるような魔法を使うなと釘まで刺されたのである。

「肉体の変異はどのような影響が出るかわからない。だからやめろと言われ、無理やり行えばステラにも罰を与えるとアティックは言った」

「その結果が死の偽装ってわけね……」

「そうだ。そして俺の望みは叶った」

子供になり抱っこも独占し、望んでいた幸せがここにはある。

……はずだったのだが、当初はなかった不安が近頃は胸をよぎる。

「叶ったが、近頃は物足りないと思う自分がいる」

物足りなさは日に日に大きくなり、特に今日はそれが顕著だ。

「それに焦りのようなものも、感じている」

「焦りって、何事にも動じないあんたが？」

「自分でも驚いているが、俺はステラの顔を見るたびに焦るし不安になるのだ」

そのきっかけは、ステラが弟子たちに心ない言葉をかけられていたと知ったときだ。

「俺はステラが側にいれば幸せだった。ステラも、俺の側にいることを喜んでくれると思っていた。……でも最近そうではないのかもしれないと、不安になる」

初めて会ったとき、彼女はずっと一緒にいようと言った。

その願いを叶えたいと安易に望んでしまったが、むしろウェルナーが側にいたせいで彼女は疎まれていたのだろう。

そんな状況にステラを追いやりながら、今の今までそれに気づいてさえいなかった自分に焦り、腹立たしささえ覚えた。

次々と芽生えるこの感情に、危機感をも覚えていた。

「ステラに笑っていてほしいと願う気持ちが、日に日に強くなっている。けれど俺は、人のような願いなど持っては――」

「それ以上は、考えちゃだめよ」

ウェルナーの言葉を遮り、ネフィアが彼を睨む。

「何かを願ったり、望んだりしたらだめだなんて、本当はおかしいことなのよ。それに私、理由はともかくあんたが魔法院を逃げ出してほっとしている」

「怒っているのではないのか？」

「だってあそこにいたら、あんたもステラも幸せにはなれなかった」

断言され、ウェルナーは少しほっとする。

「私はずっとあんたを見てきたけど、ステラと出会ってからはとてもいい状態だと思う」

「そう思うのはお前くらいだろうな」

「私だけじゃないわよ。少なくとも〝秘密〟を知らない弟子たちは、師がすごくいい顔をするようになったって喜んでたわ」

それに……と、ネフィアはステラが眠る寝室へと目を向ける。

「あの子を大事にしたいって思うあんたは、とても素敵だわ。だから胸を張って生きていなさい」

ネフィアの言葉に、ウェルナーは救われたような気持ちになる。

ただ一方で、新しい不安も滲《にじ》み出すが。

「……でも、ちゃんと大事にできているとは言いがたいかもしれない」

「偉大な魔法使いが、ずいぶん弱気ね」

「俺はステラを大事にしたいし、彼女には笑っていてほしいと思う。だが、どうすれば彼女が笑ってくれるのか、具体案が出てこない」

好き嫌いをせず、ニシンも食べ、歯磨きもちゃんとすればいいのだろうかとネフィアに尋ねると、彼女はため息をこぼす。

「好き嫌いを直しただけじゃ、やはりだめか……？」

「いやもう、色々だめね」

「やはりだめなのか」

「心意気は百点だけど、今の思考は色々だめ。だめな部分を理解できそうもないところが一番だめ」

切って捨てられ、ウェルナーはシュンと肩を落とす。

「理解はしたいと思ってる」

「ならまずは、どうしてあの子に笑っていてほしいかをちゃんと考えてみなさい」

「そういえば、そこを突き詰めて考えたことはなかったな」

「あと、子供みたいに甘えてばかりいちゃだめよ」

「抱っこをねだるのはだめか」

「だめに決まってるでしょ！　むしろ甘えられる大人になることがステラの幸せに繋がるはずよ」

ステラは家族がいないし、甘えられる人もいない。だからそれになるべきなのだとネフィアは言う。

「確かに、彼女はいつも家族を求めていたな」

「でも家族は家族でも、子供より先に欲しいのは伴侶のはずよ。甘えることも頼ることもできて、幸せな家庭を一緒に築いてくれる人がステラには必要なの」

「つまり、夫か」

「そうよ。彼女を幸せにしたいなら、あんたは子供より先に夫を目指しなさい」

「……ちなみに、夫は妻に抱っこしてもらえるのか？」

もしくは頭を撫でてほしいとねだってもいいのだろうかと尋ねた瞬間、ネフィアの額に青筋が浮かぶ。これが浮かんだときは本気で怒られるときだとウェルナーは知っていたが、今更言葉は撤回できない。

「自分の欲求より先にステラの幸せを考えなさい！　それが無理なら、私があんたじゃない他の夫をあの子に見つけてくるからね！」

「そ、それは……ものすごく嫌だ……」

「なら悩んで、考えて、そして自分とステラの望みと向き合いなさい」

「望み……か」

自分の感情に疎いウェルナーでも、今は少し自分の気持ちがわかる。

(違う誰かがステラの伴侶になるのはだめだ。絶対にだめだ)

それだけは阻止せねばと決意し、ウェルナーは伴侶とは——夫とは何かを調べようと決めた。そして自分がステラにふさわしい伴侶になるのだと、新しい望みと決意を胸に抱いたのだった。

◇◇◇　◇◇◇

目が覚めると、ステラは一人きりで残されていた。

無意識にかき分けたシーツの波はすでに冷たく、ずいぶん前にウェルナーが出て行ったことがわかる。

寂しさに身体を丸めると、ステラは自分が下着を身につけていないことに気づいた。

途端に寝ぼけていた思考がはっきりし、昨晩の行為が一気に蘇ってくる。

(そうだ、私……。私、あんな……)

ウェルナーの魔力を補うためとはいえ、昨晩の痴態《ちたい》は目にあまる。

師のためと言いつつ途中からは快楽に飲まれ、敬愛する師の顔に臀部《でんぶ》をこすりつけてしまった。そのうえねだるようなことまで言ったのを思い出し、真っ赤になったステラは毛布の中でぷるぷると震えた。

（もしかして、師匠がいなくなったのも私に愛想が尽きたから……？）

普段の師は、許可してないのにすぐベッドに入ってくるし、ステラが起きるまで絶対に離れない。

一応彼の寝室もあるのだが「ステラに抱っこされながら寝たい」と言って聞かないのだ。そのまま朝までがっちりホールドされ、ステラのほうが先に起きることが多かった。なのに師の姿がないということは、昨晩の自分があまりに見苦しかったからに違いない。

後悔と羞恥《しゅうち》に身もだえ、ステラはどんな顔でウェルナーに会えばいいのかと手で顔を覆う。いっそ昨日のことを忘れてしまいたい、頭でも打って記憶を消したいと願っていると、突然部屋の扉が開いた。

ウェルナーに違いないと思い、ステラは慌てて寝たふりをする。息を潜めてやりすごそうと思っていたが、何かが割れたような音が響いたせいで思わず飛び起きてしまった。

「さすがに、この身体では重すぎた……」

などと言って、ベッドの側にしゃがみ込んでいたのは子供の姿に戻ったウェルナーだった。その周りに割れた食器と、得体の知れない黒い物体が転がっている。

「だ、大丈夫ですか？　どこか切ってはいませんか？」

ステラは身体にシーツを巻きつけながら慌てて駆け寄り、割れた食器に手を伸ばすウェルナーを抱き上げる。はっと我に返ったが、腕の中でもぞもぞと動く師の顔はむしろいつもよりご機嫌そうだった。

「俺は平気だが、ステラは不調などないか？」

元気だと頷き、割れた食器に目を向ける。

「それであの、これは？」

「お前の朝食だ。昨日は無理をさせたし、詫《わ》びもかねてパンケーキを作ったのだ」

彼が指さした先にあったのは、あの真っ黒な物体である。もはやパンケーキの面影はないが、師が自分のために作ったと思うと、胸の奥がキュンと疼く。

「しかし、落ちてしまったしこれは捨てねば――」

「何言ってるんですか、食べますよ！　師匠の手料理、久しぶりですし！」

ウェルナーの言葉を遮り、割れずに残った皿にパンケーキらしきものを載せフォークを拾おうとしたが、師が慌てて腕から飛び降りた。

「落ち着け、まだ下にあまりがある」

「でももったいないですし」

「お前に腹を壊されたら困る。今運んでくるから少し待て」

「その身体では運ぶのも大変でしょう」

「いや、妻の枕元まで朝食を運ぶのは伴侶の仕事だ」

妻——という言葉に、ステラの時が止まる。

「お前はもう一度ベッドに戻ってくれ。今度こそ完璧に運んでみせる」

腕を引かれ、ベッドに寝かされたところでステラはようやく我に返った。

「あ、あああ、あの……今、なんて？」

「今度こそ完璧に運んでみせると言ったのだ」

「そ、その少し前です！　伴侶とか、妻とか聞こえた気がしたんですけど……」

「ああそうだ。今日から俺はお前の子供をやめることにしたのだ」

「や、やめるって!?」

「しまった。抱っこもやめるはずが、さっきついされてしまったな。このことは、ネフィアには言うなよ」

「ま、待ってください！　い、言っていることの意味が全然わかりません!!」

ウェルナーが突飛なことを言い出すのは今に始まったことではない。だがこんなにも理解できないのは初めてだった。

「だからやめるのだ。抱っこをねだるのも、お前の子供になるのも」

「な、なんで突然!?」

「ネフィアに言われたのだ。子供のように甘えてばかりいるなら、ステラを幸せにできる伴侶を見つけてやると」

説明されてもなお上手く頭に入ってこないが、とりあえずネフィアが嚙んでいることだけはわかる。そして師が、突飛なことをしでかそうとしているのもわかる。

「お前に伴侶ができるのは嫌だ。そいつを父親と呼ぶのも絶対に嫌だ。だから俺は子供を卒業し、ステラの伴侶になろうと決めたのだ」

「よ、よく意味がわかりませんし、なんだか色々おかしくないですか？」

「おかしいことなどない。今日から俺はお前の夫で、お前は俺の妻だ」

これは決定だと小さな胸を張るウェルナーに、ステラは頭が痛くなってくる。

（師匠と恋人や家族になりたいって思ってたけど、これも私が望んでた関係じゃない気がする……）

今回も何か大きくズレている。けれどそれを指摘しても、彼はきっと理解しないだろう。

そもそもステラも、師の考えが全く理解できないのだ。これ以上説明をされても迷宮入りする未来しか見えず、ついに考えるのを放棄した。起きてからずっと感情の上がり下がりが激しかったこともあり、脳もこれ以上の思考を拒否している。

「さあ、ここで待っていてくれ。夫の俺がとっておきの朝食を運んでくるからな！」

意気揚々と出て行くウェルナーを見送りながら、ステラはパタンとベッドに倒れ込んだ。

「子供の次は、夫……。この分だと、最後は孫になりたいとか言い出すのかな……」

孫も嫌だがペットになりたいとか言われるよりはマシか……などと考えてしまうあたり、ステラは疲れすぎていた。

◇◇◇　◇◇◇

なんとか無事に運び込まれた朝食を食べた後、ウェルナーは「夫らしくする勉強をしてくる」と言って書斎に引きこもり、ステラは再び一人で残された。

昨晩の薬の副作用が出るかもしれないとベッドに寝かされたまま、ぼんやりと虚空を見つめる。

「うーん、この顔を見る限り今回もウェルナーは失敗してるみたいねぇ」

不意に響いた声に驚けば、いつの間にか側にいたのはネフィアだ。

にやついた顔を見るに、やはり全ての元凶は彼女に違いないと確信する。

「ネフィア姉さん、師匠に変なこと言ったでしょう……」

「変なことじゃないわよ」

「じゃあなんで、突然夫になるとか言い出してるんですか！」

「いいじゃない、進展したってことでしょ？」

「どこがですか！　何一つ進展してないです！」

ガバッとベッドから起き上がれば、ネフィアは「あはは」と困った顔で笑う。

「うーん、少し発破をかけたんだけどそれがだめだったのかしら」

「発破って、何を言ったんですか……？」

「ステラを正しく幸せにしなさい的なことよ。そもそも、幸せにしたいって言い出したのはあいつだし」

「師匠が私を……？」

「やり方も伝え方も間違いまくってるみたいだけど、あいつはあいつなりにステラと向き合って、あんたのことを大事にしたいって思ってるみたいよ」

そう告げるネフィアの顔はいつになく真面目で、ステラは戸惑う。

「でも、そんなふうには……」

「見えないわよねぇ。でも仕方がないところもあるの。あいつが普通じゃないのは、ステラも知ってるでしょ」

出会ったときから、彼はいつも何かがズレていた。そもそもステラを拾い、弟子にすると言い出したことからしておかしいのだ。「ステラの面倒は俺が見る」と言ったがもちろん世話などできず、逆に幼いステラに世話をされるような男である。

「確かに師匠は、いつも変です」

「変どころじゃないわよ。たぶんステラが思っている以上に、あいつは欠落してて普通じゃない」

だからね……と、ネフィアは子供を見守る母親のような顔をする。

「あいつのためにも、ちょっと素直に甘えてあげて」

「甘えるって、私が……？」

「素直に甘えて、望みは言葉で伝えてあげないと理解できない奴なのよ。今のちっちゃな見た目より、あいつの心は幼いくらいだから」

確かに、あの突飛のなさは五歳児くらいかもしれない。

それがなんだか可愛く思える自分に少し呆れる。

（あれを可愛いって思うのは、恋で目が曇ってるせいなのかな……）

思えば、昔からウェルナーの普通でないところがステラは大好きだった。

人と全く違う考え方や突飛な行動に振り回されるのも嫌いではないし、そこを欠点ではなく魅力だと捉えていた。

だからこそ、ウェルナーもステラに懐いたのかもしれない。彼は他の弟子たちとは距離を置くし、弟子たちも彼の行動に眉をひそめていた。

あれで頭がまともだったらと、皮肉を口にする人までいた。

たぶんそうした言葉を理解していたからこそ、ウェルナーはステラとここで暮らしたいと思ったのだろう。

「私が甘えたら、師匠は喜んでくれるでしょうか？」

「大喜びするに決まってるわ。喜びすぎて、変な方向に暴走しないか不安なくらい」

「た、確かに……」

「そしてあんたは、あいつが暴走しても何だかんだ受け入れてしまいそうね」

「まあ、すでに母親を受け入れたくらいですしね」

「なら、妻も受け入れてみれば？」

改めて言われると、妻という立場はこそばゆい。

「す、少し複雑ですけど、師匠が望むなら受け入れてもいいと思う気持ちはあります」

ウェルナーの望む夫婦関係とステラの望む関係はきっと違う。それでも彼の望みを叶えたいと思うくらい、胸に抱く恋も情も大きいのだ。

「ステラは本当に、あいつに尽くすわよねぇ」

「師匠は私にたくさんのものを与えてくれた人です。だから、少しでも恩返しがしたくて」

「むしろあんたのほうが、ウェルナーに色々与えてると思うけどな」

「まあ食事とかは作ってますけど」

「そういう意味じゃないわよ」

呆れたように言ってから、ネフィアはふっと優しく笑う。

「尽くすのもいいけど、尽くされる練習もしたほうがいいかもね。男女の関係は、バランスが重要よ！」

「……バランス？」

「恋人でも夫婦でも親子でも、やっぱり一方的な関係はだめよ」

そういうものなのかと、ステラは興味深く耳を傾ける。

「それにあいつだってああ見えて尽くすのが好きかもしれないでしょ？　だから妻として可愛く甘えてあげなさい」

「か、可愛くは、さすがに無理そうですけど」

「大丈夫よ、ステラは存在自体が可愛いから！」

そういう姉弟子も、きっと何かがズレている。けどそこを愛おしく思う自分もまた、端から見たらおかしいのかもしれない。

そんなことを考えていると、ネフィアがベッドからぴょんと飛び降りる。

「よし、ステラの顔が明るくなったことだし、私もそろそろすべきことをしなくちゃ」

「もしかして昨日の魔力波の調査ですか？」

「うん、ちょっと色々気になることもあるし本腰入れて探ってくる」

少なくとも一週間ほど留守にすると言われ、ステラは少しだけ不安になる。

「なるべく早く帰ってきてくださいね。もし師匠が暴走したとき、止めてくれる人がいてくれないと……」

「大丈夫よ、さすがにこれ以上とんでもないことはしでかさないって」

などとネフィアが笑った矢先、バンッと寝室の扉が勢いよく開いた。

飛び込んできたウェルナーは子供の姿だったが、昨晩のことが頭をよぎる。

赤面した顔を側の枕で隠した直後、師はステラの側までやってきた。

「ステラ、夫婦がすべきことをリスト化したので見てくれ！」

差し出された紙には、蛇のような字がのたうち回っている。師の悪筆には慣れているが、一つ目の文字を見た途端ステラの頭は停止した。

強《こわ》ばった顔から何かを察したらしいが、ネフィアはあえて手を振り部屋を出て行く。

姉弟子が逃走した足音でようやく我に返るが、もはや助けてくれる人はいない。

「それで、ステラはどれからしたい？」

「ど、どれから……？」

ちなみに……と、そこでウェルナーが指さしたのは先ほどステラの思考を停止させた一つ目の項目だ。

「俺は夫婦として性行為をしてみたい」

「こ、子供の顔でそんなこと言っちゃだめです！」

「安心しろ、やるときはちゃんと大人になる」

「だ、だとしてもいきなりそれはハードルが高すぎます！」

「だが昨晩、お前はとても気持ちよさそうにしていた。その顔は愛らしかったし、俺はもう一度それが見たい」

「愛らしいわけがありません！　だって昨晩はあんなはしたないことを……！」

「お前は自分の姿を見ていないからそう思うのだ」

言うなり、ウェルナーはベッドに乗り上げステラの頬をそっと撫でる。

「魔力を分け与えてくれたときのお前は美しかった。だからお礼に、今度は俺がお前に快楽を与えてやりたい」

「か……かい……!?」

「夫婦は愛と快楽を与えあうものだとネフィアが貸してくれた本にあったのだ」

「いったいどんな本ですかそれ!?」

「『淫らな夫に毎晩イかされています』第三巻だ」

十中八九、それはネフィアが愛読している官能小説だろう。

(尽くされるって、そういう意味だったの……!?)

なんてものを与えたのだと焦《あせ》るステラを見て、ウェルナーはふっと微笑む。

「安心しろ、ネフィアから色々と教本をもらったから性行為については勉強済みだ。お前に苦痛を与えぬよう、時間もかけて愛するから怖がらなくていい」

その教本も色々怪《あや》しかったが、突っ込む間もなくウェルナーが顔を近づけてくる。

慌てて顔を逸らしたので、キスは頬に着地した。相手は子供で、キスもささやかなものだった。なのに突然、異常なほど心臓が速くなる。

（……待って……なにか……変……）

ドキドキが止まらなくなり、ヘナヘナと身体から力が抜けた。

同時に魔力が身体から滲み出すのを感じ、ステラはもちろんウェルナーも狼狽えた。

「別に魔力が欲しくてキスしたわけではないのだが」

「か、勝手に出ちゃうんです……」

「もしや、まだ薬の効果が残っているのか？」

ウェルナーが何かを探るように、ステラの身体に手をかざす。

「昨晩よりは弱まっているが、効果は続いているようだな」

「じゃあ、師匠のほうもまだ薬が残ってるんですか……？」

「いや、俺のほうはもう切れている。なぜこんなに差があるのか、ネフィアに聞いたほうがいいかもしれないな」

「でもネフィア姉さん、すごい勢いでいなくなっちゃいましたよ」

ステラの言葉で、ウェルナーは今更のように二人きりだと気づいたらしい。

「まあ魔力が出るだけなら害はなさそうだし、効果を打ち消す薬なら俺でも作れるだろう」

「な、なら一刻も早くお願いします」

思わずウェルナーの腕を摑んだ瞬間、ステラの身体が熱くなり始める。

まだ性的な興奮までは行かないが、その兆しが見え始めたことに彼女は愕然とした。

(師匠は今子供なのに、このままじゃまたおかしくなっちゃいそう)

慌てて腕を放し、ステラはぎゅっと膝を抱える。

「あ、あと少し、一人にしてください」

「無理だ」

「でも、私またおかしくなりそうで……」

「だったらなおさら、側にいなければな」

次の瞬間、ウェルナーの身体が見慣れた大人の姿に戻る。

「ん……っ」

その姿を見ただけだというのに、ステラの身体が甘く疼く。

魔力と共に蜜があふれ、下着が濡れていくのを感じた。慌てて太ももに力を入れるが、疼きはなおも強まるばかりである。

「どうやら、お前の身体は俺に反応しているらしい」

「き、きっと、薬のせいです」

「本当にそれだけか？」

妙な声をこぼさないように口を押さえた手を、ウェルナーが掴む。

彼は手を引き寄せ、その下から現れた唇をそっと奪った。

先ほどと同じくキスはささやかなものだったが、ステラはそれに満足できない。

気がつけば師の首に腕を回していて、自らの舌で彼の唇をこじ開ける。

舌先がふれ合った瞬間、ウェルナーが食らいつくようにキスを深めた。舌が絡まると、得も言われぬ心地よさがあふれて、ステラは口づけに夢中になる。

お互いに顔の角度を変えながら、より深く、激しく、二人はキスに溺れた。

「……んっ、ステラ……」

口づけの合間にこぼれる声すら、今はステラを熱くする。

唾液と魔力をウェルナーの舌に絡ませながら、ステラは無意識に彼の身体を押し倒す。

ようやく唇が離れ、そのまま師の服を脱がせようとしたところで我に返った。

「……ッ、私……なんてことを……」

羞恥と未だ冷めぬ興奮で顔を真っ赤にしていると、戸惑いを察したウェルナーがステラの頬に手を伸ばす。

「怯《おび》えるな。俺は、お前に押し倒されて嬉しい」

「で、でも……」

戸惑っていると、ウェルナーが上半身を起こし、そっとステラの背中に腕を回した。

それから彼は、珍しく何か悩みだす。

いったい何を言うつもりかとステラが身構えていると、頬に添えられた手が彼女の目元を優しく撫でた。

「俺は、たぶんずっと……お前とこうしたかったのだと思う」

「こうしたかったって、本当に……？」

「ああ、間違いない」

「でも、今までそんなそぶりは……」

「俺は、自分というものがあまりない。だからずっと、お前を見たときに感じるこの気持ちがよくわからなかった」

だが……と、ウェルナーがふっと微笑む。

「昨日お前に助けられたとき、満たされた。そしてお前にも、満たされてほしいと思った。だからもう一度、俺はお前と身体を重ねたい」

ウェルナーが優しくキスをする。

「俺はお前が大事だ。大事だから幸せにしたいし、心地よくさせてやりたいと思うのだが、嫌か？」

「い、嫌なわけないです！」

だってその感情は、ステラが持っているものとよく似ているから。

（姉さんが言っていたように、今の師匠なら素直に甘えたら喜んでくれるのかもしれない）

今までとは違い、見つめあっていると彼と自分の気持ちも重なるような予感さえ覚えた。

甘えるのは、自分の気持ちや願いを我慢し続けてきたステラには難しいことだったけれど、彼が望んでくれるなら勇気を出せる気がした。

「……私も、師匠が大事です。大事だから、幸せになってほしいと思う気持ちも一緒です」

好きという言葉はまだ口にできなかったけれど、胸に秘めていた愛情をステラは声と言葉に乗せる。

途端にウェルナーの顔が、甘くほころぶ。

「気持ちが重なると、こんなにも温かな気持ちになるのだな」

子供のような無邪気さでぎゅっと抱きしめてくる彼を見ていると、愛おしさがこみ上げてくる。ステラも彼に腕を回し、愛情を込めて背中を撫でるとまた魔力があふれ始めたが、もはや戸惑いや羞恥はなかった。

「魔力だけでなく、今日はお前が欲しい」

ステラの熱が移ったように、ウェルナーの瞳に情欲の火が灯《とも》る。飢《う》えた獣の様を思わせる視線に驚くも、それが自分に向けられていることが無性に嬉しい。

「私はもう、師匠のものです」

「なら俺も、お前のものになりたい」

「そ、それはなんだかおこがましい気が……」

自分はともかく、彼は偉大な魔法使いなのにという気持ちが芽生えるが、ためらいを吹き飛ばすような口づけが降ってくる。

「たぶん俺はずっとお前のものになりたかった。魔法院を出たのも、子供になりたかったのも、その願いを叶えたかったからだと今わかった」

もしそれが本当なら、母親になってほしいという言葉も、抱っこをねだる仕草も彼なりの愛情表現だったのかもしれない。

途端に愛おしさが更に膨れ上がり、ステラは真っ赤になった。

「あ、あまり嬉しいことを言わないでください」

「嬉しいのか」

「だって師匠を独占できたらって、本当は心のどこかでずっと思っていて」

「俺も同じだ。だからお前を俺のものにしてもかまわないな？」

ウェルナーがステラの服に手をかける。昨晩からほぼベッドにしかいなかったため、彼女は寝間着にしている薄手のワンピースしか着ていない。

それを瞬く間に剝ぎ取られ、ウェルナーは下着にも容赦なく手をかけた。

「あ、あの、自分で……！」

「だめだ、脱がせたい」

有無を言わせぬ声に、ステラは泣く泣く腰を浮かせる。

ウェルナーは彼女の脚を持ち上げ、するりと下着を脱がせた。

裸を晒《さら》すのはなんだか恥ずかしくて、慌てて毛布で身体を隠そうとした瞬間、ウェルナーが毛布の先端を摑んで引いた。

「それは、必要ないだろう」

「だ、だって見えてしまうし……」

「見たい」

「けど、こんな明るい場所で……」

「明るい場所だからこそ、見たい」

ウェルナーが指を軽く振る。途端に魔法が発動し、ステラの身体を隠していた毛布が忽然と消えてしまった。

「ま、魔法まで使うことないじゃないですか！」

「今、ステラに触れるのは俺だけでいい」

行き場を失っていた手を取られ、押し倒されてしまう。ステラの抵抗を恐れたのか、ウェルナーは細い両腕を頭の上で固定しそのまま顔を近づけてくる。

恥ずかしさはあったが、キスを避けるつもりはもはやない。

師の唇を受け止めながら、自然と唇を開けた。隙間に割り入り、肉厚な舌がステラの歯列をこじ開ける。二つの舌が重なると再び身体が熱くなり、魔力が自然とあふれ出した。

「ついでに、魔力も少しもらうぞ」

「……ッ、欲しいなら……差し上げます……」

キスの合間に許可を出せば、ウェルナーが唇ごと魔力を貪る。

あまりがっつきすぎると魔力が上手く渡せないのではと不安になったが、ステラの魔力は驚くほど自然に師の身体に吸い込まれていく。

それが心地よくて、細い喉が小さく鳴った。

「……あ、……ンッ」

甘い声と共に下腹部からも魔力と蜜がこぼれだし、酩酊《めいてい》したように頭がぼやけていく。

「師匠、……師匠ッ……」

呼び声も甘く、舌っ足らずになってしまう。でもウェルナーはそれが気に入ったのか、満足げな顔で、ステラの頭を撫でた。

「俺が欲しいか」

「……は、い……」

「なら準備をしよう」

「準備……？」

「お前は、こうした行為に不慣れだろう。ならば準備が必要だと、本に書いてあったのだ」

もしやネフィアの官能小説だろうかと不安になる。ウェルナーの視線がステラの乳房に注がれた。何をする気かと身構えるよりも早く師の手が柔らかな双丘に触れた。

「やぁ、っ……」

指先が胸の頂きに触れた瞬間、甘さと情けなさの混じる声がこぼれる。

慌てて口を塞ぐが、続けざまに乳首を捏《こ》ねられ声が抑えきれない。

「まずはここを熟《う》れさせろと本にはあったが、もうすでに美味《うま》そうな形になっているな」

「ひっ、ン……、だめ……ッ」

つんと立ち上がった頂きを口に含まれ舌先で先端を激しく舐《ねぶ》られると、悲鳴にも似た声がこぼれてしまう。先ほどより強く口を押さえるが、舌による淫《みだ》らな戯《たわむ》れに声が抑えきれない。

歯を立てられ、優しく吸われ、転がされるたびに、ステラの身体は悦びに震える。

食まれていないほうの胸の先端まで立ち上がり、それに気づいたウェルナーが満足そうに笑った。

「今度はこちらか」

反対の乳房に唇を寄せ、甘く吸い上げられるとステラの下腹部がずくんと疼く。

魔力を帯びた蜜がこぼれ、太ももが濡れるのを感じるが止める術はない。師に気づかれぬようにとそっと拭おうとしてみるが、むしろ触れてしまったことで腰がピクンと跳ねてしまった。

その動きで、ウェルナーの視線が下腹部へと降りていく。

「もしや、自分で触れていたのか？」

「ち……ちが……」

「だが、ここは物欲しそうに濡れているぞ」

ステラの手をどけ、師の指が蜜に濡れた太ももを撫でる。それだけで身体は期待に震え、とろりと蜜がこぼれ落ちた。

意識も甘く混濁し、ステラは師の手を自らの恥部へと引き寄せていた。

「お願い……、ここに……」

うわごとのように「早く」「お願い」と繰り返すステラに、ウェルナーはすぐさま従った。

先ほどのように乳房に唇を寄せつつ、人差し指と中指で蜜に濡れた花弁を擦りあげる。

「あ、一緒は……だめッ、ッ……」

甘美な責め苦に溺《おぼ》れながらも、僅かに理性が戻る。けれど拒絶の言葉はすぐさま甘い吐息に飲まれ、ステラは淫らに身もだえた。

手でシーツを握り、つま先を丸めながら与えられる刺激に合わせて小刻みに息を吐いていると、更に多くの魔力があふれ出す。

それに気づいたウェルナーが、二本の指で襞を割る。狭い入り口を押し開け、指先で優しく中を擦り始めた。

最初は違和感を覚えたが、それも僅かな間だけだ。

隘路を抉るように指を動かされると、新しい愉悦が身体の奥から溢れ始める。

あわせて、ウェルナーが先ほどより強く胸の先端を舌で舐った。

「あ、ああッ、……ッ」

まさか更に強く攻められるとは思わず、油断していたステラは大きな声を上げてしまう。

それに気をよくしたのか、ウェルナーは容赦なく胸と膣を攻め始める。

「あ……また、きちゃう……き、ちゃう……」

蕩《とろ》けきった顔で、ステラは迫り来る絶頂に身構えた。

昨日よりもずっと、身体を駆け巡る快楽は大きい。けれど恐怖はすでになく、むしろうっとりと微笑みながらそのときを待った。

上り詰めていくステラを上目遣いに窺いながら、ウェルナーが熟れた乳首に歯を立てる。陰路を擦りあげていた指先は「さあいけ」というように、彼女が一番感じる場所を攻め立てる。

「あぁッ、……ッ——！」

身体をのけぞらせ、ステラは激しい絶頂へと導かれる。上り詰める時間を少しでも長引かせようとするように、陰路への責め苦はなおも続いた。蜜を掻き出すぐちゅぐちゅという音を聞きながら、ステラは身体を震わせ愉悦を受け止める。

淫らな痙攣がおさまると、ようやくウェルナーが胸から唇を離した。

「ああ、お前はこんなにも美しい顔をするのだな」

果てたステラの頬を、ウェルナーが満足げに撫でる。そんな彼を見ていると甘い喜びがこみ上げてきて、思わず師の腕に手を這わせた。

もっと彼を喜ばせたいという思いで見つめていると、ウェルナーがズボンをくつろげながら、覆い被さるように身体を倒した。

「美しいお前を、俺だけのものにしたい」

普段は抑揚のない声に滲んでいたのは、欲望だった。

表情にも焦りと切迫感が滲み、ステラは初めて見る表情に目を奪われる。

「お前が欲しい。欲しくて、欲しくてたまらない」

そのとき、何かか熱いものがステラの花襞を擦りあげた。ウェルナーの顔がすぐ側にあるので見ることは叶わなかったが、こうした行為に疎い彼女でもそれが何かは察しがつく。

(なんだか、とても大きく感じる……)

襞の間をゆっくりと擦りあげるウェルナーのものは、長くてとても大きい予感がした。それを受け入れられるのだろうかと不安がよぎり、僅かに身体がすくむ。

「ステラ」

だが彼の呼び声は不安を消し、快楽の種火となった。

自分を求めるその声に、ステラもまた彼が欲しいと思わずにいられなくなる。

たとえ痛みがあろうとも、彼の逞しいもので身体を裂かれようとも、かまわない。

一つになれるなら、痛みさえも悦びに変わる予感がした。

「ステラ、お前も名を呼んでほしい」

師の懇願に、ステラは彼の首にそっと腕を回す。頭を引き寄せ、耳元でそっと師の名を囁《ささや》いた。直後、彼のものが狭い入り口をぐっと押し広げる。

「……ん、あぁっ……」

圧迫感と痛みに、悲鳴が上がる。ウェルナーは動きを止めようとしたが、ステラは続けて師の名前を呼んだ。

「お願い……奥に……あなたが欲しい……」

続けて懇願すると、ウェルナーがゆっくりと隘路を進み始める。

想像よりもずっと、その行為は痛みを伴った。けれど奥へと進む楔《くさび》に寄り添うように、あふれ出す魔力が痛みをゆっくりと癒やしている。

もしかしたら、それは師の魔法だったのかもしれない。

「ステラ、あと少しだ」

奥へ進まれるとやはり痛むが、最初ほどのものではなくなっていた。

それどころか、ウェルナーが進むたびに蜜と悦びがあふれていく。

最後にぐっと腰を穿《うが》たれ、二人の肌がより密着する。

「全て入ったぞ、ステラ」

告げる声は無邪気な喜びに満ちていて、ステラは思わず笑ってしまう。

「笑っているが、痛みはもうないか？」

「動くと少しだけ……。でも、私もなんだか嬉しくて」

「お前も、同じ気持ちか？」

ウェルナーが手をぎゅっと握ってくる。それを優しく握り返し、ステラは微笑んだ。

「ええ、……だから動いてほしいです……」

「さすがに、痛むのではないか？」

「でも、私の中で気持ちよくなってほしいので……」

伝えるのは少し恥ずかしかったけれど、ステラは勇気を出して告げる。

ウェルナーは僅かに目を見開き、幸せそうに笑ってステラの腰を摑んだ。

「ならば、今日はずっとお前の中から出ないことにしよう」

「……んっ」

全て収まっているはずなのに、彼のものが更に奥へと進むような感覚がした。

(ちがう、もっと……大きくなってるのね……)

そうさせているのは自分だと気づいた瞬間、喜ぶように隘路がウェルナーを抱きしめる。

「ステラ……これは……まずい……」

途端に師は眉間に皺を寄せ、苦しげに息を吐く。

「お前の中は、俺に優しすぎる」

「優……しい……?」

「そんなに抱きしめられたら、激しくお前を貫きたいと……そう思ってしまう……」

腰を摑む指に力がこもり、ウェルナーの指が肉に食い込む。

痛みはないが、強く抱き寄せ穿ちたいと望んでいることが指先からもありありと察せられた。

「……あなたの、好きにして大丈夫です」

その言葉が、ウェルナーの理性を決壊させた。

食らいつくように唇を押し当てながら、彼は僅かに腰を引いた。

僅かに開いた隙間を、先ほど以上の勢いで埋めてくる。

一度だけでなく二度、三度と突かれ、中を穿たれるたびにその激しさは増した。

不思議と痛みはなく、ただただ快楽に翻弄される。

「あ、やぁっ、ま、待って……」

大丈夫などと言ってしまったことを後悔する間もなく、ウェルナーはステラを攻め続けた。ベッドが軋《きし》み、肌を打ち合う音が響く中で、行為は激しさを増していく。

ウェルナーが身体を起こし、より深く、奥へと楔を打ち込み始めた。

「くっ、ステラ……ッ、ステラ……」

声で、表情で、その激しさで、ウェルナーが求める気持ちを伝えてくる。それに応えたくて、ステラも彼に合わせて身体を揺らした。まるで彼と心まで繋がったような気持ちになると、深い愉悦がステラの奥からあふれ出し、ウェルナーのものも大きくなる。

「ステラ……お前の中で、果てたい……」

懇願に、ステラは何度も頷いた。それは自分の願いでもあったからだ。

同意を得たウェルナーは更に激しく腰を穿ち、ステラはそれを受け止めながら喘ぎ声を大きくしていく。ウェルナーの求めに応じるように、魔力が再び溢れた。それにあわせて思考が甘く蕩け、「もっと、もっと」と乱れ喘ぐ。

淫らな懇願を繰り返しながら、ステラはその瞬間をただひたすらに待った。

「ステラッ、く、あッ……」

激しい突き上げの後、ステラの中で何かが爆ぜた。

それがあふれる魔力と溶け合った瞬間、一気に上り詰めてしまう。

「……ッ――！」

もはや声すら上げることもできず、ステラは法悦の中に突き落とされた。

「これは……、ッ、こんな……激しいもの……なのか……」

ステラの側に手をついたウェルナーが、荒く息を吐く。乱れた相貌に目を奪われながら、僅かに汗ばんだ師の身体にそっと触れた。

それだけで、まだ繋がっている場所がじんわりと熱を持つ。

ステラの中か、ウェルナーのものか、熱の出処はもはやわからない。

もしかしたらその両方かもしれないと考えていると、再び食らいつくように口づけられる。

「冗談ではなく、本気でお前の中から出られそうもない」

もっと欲しいと望むその声に、ステラは激しいキスで応える。

自分の意思なのか、薬のせいなのかはもうわからない。

でもどちらにせよ、ウェルナーが欲しくてたまらない。

それに抗う必要はもはやなく、二人はお互いを抱きしめ合い、再び激しさの中へと身を投じたのだった。

第五章

慣れというのは恐ろしい。

朝食を作るステラにくっついてくるウェルナーが半裸で、そのうえ首筋にキスの雨を降らされている状況にもかかわらず、彼女の身体は羞恥より喜びを覚えている。

「あ、あと、サラダを作るだけですから……、ッ、こういうことは食事のあとで……」

「ステラの反応が可愛すぎて、待てと言われても無理だ」

「で、でも……エッチなのは、だめですッ！」

さすがに身体が限界だと訴えれば、仕方なさそうにウェルナーが腰に抱き寄せる。ステラの頭に顎を乗せ、拗ねたようにため息をこぼした。

「わかってる、ここ数日俺は少しやりすぎた」

「少しじゃありません。昼も夜も朝も、あんな……あんな……」

ウェルナーとの甘く激しい時間を思い出し、ステラはぷるぷると震えながらレタスを裂いた。

一度深く繋がって以来、師は隙あらば淫らな行為に及ぼうとする。というか、実際に及んでいる。

「でも、お前だって求めてくる」

「あ、あれは薬のせいですよ！」

ネフィアがいないので原因はまだ解明されていないが、ウェルナー曰く、今ステラは魔力がとめどなく溢れている状態らしい。

師はそれを抑える薬を作ってくれたが、それも今のところ効果はなかった。

ネフィアの薬はとにかく効果が強く、ステラは体内で魔力を生成する能力が格段に向上している。今までと比較すると約三日分の魔力が一日で生成される状況で、その量は日に日に上がっているようだ。

魔力の生成量が増えること自体は成長期の子供にもよくある現象で、命に別状はない。世の若者――特に男性などは成長期による魔力の増幅が原因で性欲が強くなるので、ステラにも同じことが起きているのだろうとウェルナーは言っていた。

そこに薬の効果も重なって、彼と繋がりたくなってしまうのだ。

更に男性の精液には魔力が含まれるらしく、それがステラを余計に酔わせてしまう。

一度始まると、求める気持ちはなかなか収まらない。だから一日中淫行に耽《ふけ》ってしまうのはステラのせいでもあるけれど、認めることは恥ずかしくてできなかった。

（あと、師匠に抱かれて喜んでいるこの気持ちも、絶対に認められないし言えない……）

きっかけは魔力の増幅と薬だが、乱れてしまうのは相手がウェルナーだからだろう。

師とのふれ合いに心が喜び、彼が好きだなと思った瞬間、身体が激しく乱れることにステラは気づいていた。毎日朝から晩まで身体を重ねていれば、自分が何に反応し喜んでいるかはわかってしまう。

（自分が、こんなにはしたないとは思わなかった……）

師への想いはもっと純粋で、綺麗なものだと思っていた。けれど彼に触れられ口づけられるたび、浅ましい気持ちがどんどんと育っていく。

今はもうただ隣で見ているだけでは我慢できない。触れられ、乱され、彼を独占したい。増してゆく独占欲を持て余しながらも、この欲を捨てることもできそうもない。

「難しい顔をしているが、何か心配事か？」

不意に顔を覗き込まれ、ステラは慌てて首を横に振った。

けれどウェルナーは彼女に注視したまま、何かを探るように頬に触れてくる。

「少し疲れているように見えるな」

「だって、あんなにいっぱいしたら……」

言い訳をしていると、不意に大きなあくびがこぼれてしまう。確かに、疲労は蓄積しているようだ。

「眠いなら、無理して起きなくてもよかっただろう」

「でもお腹は空《す》いていて」

「たくさん運動したし、叫んだからな」

「お、思い出させないでください！　恥ずかしいんですから……！」

「恥ずかしがるステラも可愛いな」

ウェルナーはステラの頭に頬をグリグリと押しつける。

(むしろ可愛いのは師匠のほうかも……。っていうか、何か子供のときより甘えたになってない!?)

ずっとくっついてくるし、前はしなかったようなスキンシップやふれ合いに歯止めがかからない。これが子供の姿だったら受け流せるが、大人のウェルナーにされると色々な意味でドキドキしてしまう。

「そういえば、ここ数日子供に戻ってないですが大丈夫なんですか？」

「お前から魔力をもらっているから問題はない。それにステラは、子供の姿で抱き合うのは嫌なのだろう」

「そ、それだけは嫌です」

「ならこのままでいろ」

ウェルナーはひょいとステラを抱き上げる。

「な、何を!?」

「あとはレタスを千切ってサラダを作るだけなのだろう？　ならば俺が用意するから、ステラは座っていろ」

「し、師匠がですか!?」

「なぜ驚く」

「だって食事の用意は苦手でしょう」

「さすがにサラダくらいはできる。それに妻を手伝ったり、給仕をするのも夫の務めだろう」

今日は身体も大きいから運ぶのに失敗もしないと笑う師に、ステラはダイニングチェアに座らされた。

その後、彼はスープをひっくり返したりしながらも、二人分の朝食を用意してくれた。

「サラダが、完璧にできた」

そう胸を張るウェルナーに笑いかけながら、ステラは千切られた野菜を頬張る。

「ええ、美味しいです」

「ほら、その右のレタスは俺が裂いたやつだぞ」

偉大な魔法使いとは思えぬ主張に微笑ましさを覚えながら、ステラはレタスを口に運んだ。細かくなりすぎてはいたが、師自ら作ってくれたものはやはり嬉しい。

「そうだステラ、これからは俺に料理を教えてくれ」

「かまいませんけど、無理はしなくてもいいんですよ？」

「無理ではない。二人で並んで料理をしたら、楽しそうだと思ったのだ」

「ならこの前焦がしたパンケーキのリベンジをしましょうか」

「ああ、次は完璧に焼いてみせる」

張り切るウェルナーに、ステラはまた笑ってしまう。

「師匠ならすぐ完璧になれますよ。どんな難しい魔法だって使いこなせるほど、器用なんですから」

「魔法は生まれながらに備わっていた機能だからな。しかし料理はそうではないから、難しい」

本当に難しいと繰り返しながら、彼はサラダをつつく。

どことなく不本意そうな顔を可愛いと思いながら、ステラはふと違和感を覚える。

(『機能』って、なんだかおかしな言い方をするのね)

師の言葉遣いが独特なのは今に始まったことではないが、少し気になる。

(そういえば、師匠って昔から自分のことを物とか道具みたいに扱うのよね……)

そのうえ自分を大事にせず、有り余る魔力のおかげで無理がきくからと、労《いたわ》りとは無縁の生活を送っていた。

また師を人間扱いしないのは弟子たちも同じで、無茶ができるのを見越して異常な量の仕事を持ち込むことも多かった。

ステラは止めたかったけれど、ウェルナーの仕事によってこの世界は豊かになり発展している。彼が新しい魔法や魔道具を生み出すことを世界中が望んでいて、それを止めることは許されなかったのだ。

その一方で、彼にはほぼ見返りがない。睡眠も食事もとれずに働いて、ねぎらいの言葉さえないときもある。それをおかしいと思いつつも、顔色も変えず彼は仕事をやってのけてしまうのだ。

無理のしすぎではないかとずっと心配だったが止める権利はステラにはなく、できることは彼の好物を作って差し入れ、研究に没頭して心ここにあらずの師の世話を焼くことだけだった。

でもそれは異常だったのだと、こうして穏やかに暮らすようになってようやく気づく。

無理をしていただけで、彼はこうしてのんびり過ごす朝を望んでいたのだろう。

(だとしたら、この日々を守りたい)

ウェルナーが自分を道具のように思わずにすむように、一人の人として幸せに暮らせるようにしたい。二人で暮らし始めた頃はいつまでこうしているべきかと悩んだけれど、今は幸せそうなウェルナーの笑顔を守りたいとステラは思うようになっていた。

(普通の幸せをあげたい。偉大な魔法使いとしての幸せじゃなく、一人の人としての幸せを……)

そんなことを考えていると、不意に顔を上げたウェルナーと目が合う。

お互い言葉はなく、ただ見つめあって自然と微笑みあう。

少し照れくさいけれど、言葉のない時間さえも今は幸せに感じられた。それはウェルナーも同じようで、彼の表情も満ち足りている。

(……あれ？)

けれど穏やかな時間は、永くは続かなかった。遠方から強い魔力を持つ者がこちらに近づいてくるのを感じたのだ。

ステラは元々魔力に関する感知能力が高いが、薬によってその能力も上がっているようだ。前にネフィアが訪ねてきたときとは違い、ずいぶん遠くにいる相手の魔力と強さを、正確に感じることができていた。

だからこそ、ステラは息を呑む。

「この魔力は……アティック……？」

こぼれたその名にウェルナーも魔力の気配を探るように視線を外へと向けた。

「これは、隠れたほうがよさそうだな」

「ええ。前に取り決めた通りに、誤魔化しましょう」

ネフィアにあっけなくバレたため、誰かが俺に来たときの対処法は決めていた。

師は魔法で自分の痕跡を消すと、地下にある秘密の実験室へと続く隠し通路を開ける。

その中に入ろうとしたところで、彼はステラを振り返った。

「もし、誤魔化すのが限界だと思ったら無理はせず俺を差し出せ」

「差し出せって、そんなことしたら魔法院に無理やり連れ戻されますよ」

「だが嘘を重ねればお前だってただではすまない。だから俺がここにいることをアティックが把握しているようなら、嘘をつくよう強要されたと言うんだ」

そんなことはできないと言いたかったが、「いいな？」と念を押す師の顔は真剣だった。

だから渋々頷き、ステラは隠し通路への扉を閉める。

そうしていると、アティックの魔力が更に近づいてくるのを感じた。

魔法を使っているのか、その速度はとても速い。

（それに何だろう。誰か……知らない魔力がもう一つあるみたい）

魔力の量からして子供だろうかと考えていると、ついに玄関の扉が叩かれた。

（とにかく、師匠のことは誤魔化さないと）

不自然にならない程度に時間を置いて、ステラは玄関の扉を開ける。

ステラは、四十を過ぎた凜々しい面立ちの兄弟子と、久々に対峙することになった。

「お久しぶりです、アティック兄さん」

驚きと再会の喜びを混ぜた声音で告げれば、アティックは表情を和らげる。

「久しいな、ステラ」

「突然どうしたんですか？　あっ、もしかしてネフィア姉さんに何か用事です？」

庵の中に招き入れながら、ステラは自然な口調で尋ねる。

「いや、お前の様子を見に来たんだが……」

そこでアティックが庵をぐるりと見回す。

「この庵はずいぶん様変わりしたな」

「どうやら、師匠が私のために魔法で改築してくれていたみたいなんです」

口にした返事は、事前にネフィアと相談して決めていたものだ。

『師匠のことを話すときは悲壮感《ひそうかん》が漂《ただよ》う顔をしなさい！』と力説し、演技指導までしてきた姉弟子のことを思い出し、ステラはそっと顔をうつむかせる。

「あの方は、お前を常に気にかけていたからな……」

ゆったりとした足取りで庵に入ってくるアティックが、ステラの嘘を見抜いた気配はない。それにほっとしたとき、ステラは兄弟子の後ろに控える小さな影に気がついた。

「兄さん、この子は？」

「実は、私も弟子を取ったんだ。『ルア』入ってきなさい」

アティックが手招いた人物は、少年のようだった。

確信が持てないのは、不気味な仮面が顔を覆っていたからだ。

頭から首までをすっぽりと覆う丸い仮面は、囚人《しゅうじん》がつけるものによく似ている。

目と口元は開いているものの、顔はちっともわからない。纏《まと》っている服はステラが魔法院で着ていたものと同じだが、そこから覗く腕は枝のように細かった。

「この子は遠い異国で罪人として囚《とら》われていたのだ。強すぎる魔力のせいで、人を殺めるほどの事故を起こしてしまったらしい」

「だから、こんな仮面を……？」

「ああ。取ってやりたいのだが本人が嫌がってな」

説明に心を痛めながら、ステラはそっとルアの側に膝をつく。

「アティックの妹弟子のステラよ。よろしくね」

そっと手を差し出すと、ルアはじっと彼女を見つめた。仮面の奥から僅かに除く瞳は暗くくすんでいたが、辛抱強く微笑みかければおずおずと手に触れてくれる。

優しく握り返せば、ルアはステラに更に近づいてきた。腕の中に入り込んでくる小さな身体は折れてしまいそうなほど細くて、つい心配になる。

「奥で何か食べる？」

優しく声をかけると、少年が小さく頷いた。

「やはり、お前には心を許すのだな……」

ステラたちのやりとりに、アティックが感心したように頷く。

「師のようになりたいと願い弟子を取ってはみたが、どうにも懐いてもらえなくてな」

「アティック兄さんはもう少し笑ったほうがいいですよ」

最近はめっきり笑顔を見せなくなったが、ステラが小さな頃は彼もまたネフィアのように面倒を見てくれたことがある。

ネフィアが言うには、若い頃のアティックは笑顔も多く今よりずっと気さくな男だったそうだ。しかし彼はその有能さから一番弟子の座につき、多忙と重責から人が変わってしまったのだとネフィアはため息をこぼしていた。

(そのうえ今はもっと忙しいんでしょうね。……兄さん、なんだか前よりもっと雰囲気が鋭くなった気がするわ)

たぶんウェルナー亡き後、必死に魔法院を支えているのは彼なのだろう。

それを思うと、全てを捨ててここに来てしまったことに後悔を覚える。

「よかったら兄さんも何か食べていかれますか？」

「そうだな。お前の近況も知りたいし、それに……」

アティックが、再度庵の様子をぐるりと見渡す。

油断のない眼差しにドキリとしつつも、動揺を顔に出さないよう表情を取り繕う。

「この俺は、きっと師の最後の作品だ。色々と見せてもらえるか」

「もちろんです」

「それと、ネフィアはどこにいる？」

「今は留守にしています。魔法薬の開発に必要な素材を取りに行くって、数日前いきなり出かけてしまって」

これもまた、事前に決めていた嘘である。

魔法院を探るために出て行ったなんて、アティックに言えるわけがない。だからいざというときの回答をネフィアは残しておいてくれたのだ。

「相変わらず、彼女は騒がしくしているようだな」

「たぶん私のためでもあると思います。いつも通りに接することで、師匠を亡《な》くした悲しみを紛らわそうとしてくれているのかと」

「……なあステラ。今更の質問になるが、師とお前は愛しあっていたのか？」

不意にこぼれた質問に、ステラは「えっ？」と戸惑いの声を上げる。

「もしも彼の正式な恋人であったなら、お前はこの俺の他にも彼のものを受け継ぐべきだと常々思っていたのだ」

告げる声からはステラを思いやる気持ちを感じたが、一方で向けられた視線は鋭い。

嘘は許さないと言いたげな眼差しに気圧されながらも、ステラは慌てて首を横に振った。

「師匠にはとても大事にしていただきました。でもそれは、あくまで弟子としてです」

「ならば男女としての付き合いはないと？」

「も、もちろんです。だって、あの師匠ですよ！」

苦笑を貼りつけながら言えば、アティックは納得したように頷く。

「そうだな、あれが愛情など抱くわけがないか」

こぼれた声はどこか冷え冷えとして、ステラはぞくりとする。

（やっぱりアティック兄さんたちは、師匠のことを人だと思ってないみたい……）

そこに歯がゆさを感じつつも、今ここでおかしいと訴えることはできない。

「とりあえず食事を用意しますね」

これ以上この話を続けたくなくて、ステラはルアの手を取り歩き出す。アティックがじっと見ているのを感じつつ、ステラは必死に素知らぬふりを続けた。

◇◇◇　◇◇◇

ステラがアティックたちの相手をする一方、ウェルナーは地下の研究室をうろうろと歩き回っていた。

（ステラは、上手くやっているだろうか……）

器用な子だし、いざというときの対応をネフィアと念入りに打ち合わせていたので大丈夫だとは思うが、相手がアティックだと思うとどうにも不安を抱いてしまう。

アティックは歴代の弟子の中でも、とりわけ優秀な魔法使いで抜け目がない。

幼い頃からエデンで暮らしていたアティックは、僅か五つでウェルナーの転移魔法理論を読み解いた天才だった。

彼の両親に乞われてウェルナーが直々に魔法を教えれば、次々知識と技術を吸収し十五になる頃には、偉大な魔法使いの後継者とまで呼ばれるようになっていた。

その頃のアティックはステラのように天真爛漫《てんしんらんまん》で、心の底から自分を慕ってくれていたように思う。

『いつかあなたを越えるのが夢です』と言った彼を、当時のウェルナーはたぶん微笑ましく思っていた。

けれど力のある魔法使いは、ある役目を担うことが義務付けられている。

その役目に紐付くウェルナーの〝秘密〟を知ったとき、アティックの無垢《むく》な瞳は暗く陰《かげ》り、尊敬の眼差しは侮蔑《ぶべつ》へと変わった。

そうした変化は、アティックに限ったことではない。

弟子となった者は皆、最初は妄信的にウェルナーを慕い、師に近づきたい、越えたいと願い惜しみない努力をする。その努力を無下にしたくないとウェルナーもまた己の知識を弟子たちに与えてきたが、友好な関係はいつも長くは続かない。

秘密を知った途端に、皆は自分を気味悪がり嫌悪するのだ。

中でもアティックは、憎悪さえ滲ませていたように思う。

『あなたは、私と私の夢を内心ではあざ笑っていたのですね』

そんな言葉をかけられたのは、いったいいつだったかとウェルナーは苦々しく思い出す。

彼をあざ笑ったことなど、一度もない。

むしろ自分のほうが、アティックよりよっぽど欠陥だらけで愚かだとさえ思っていた。

だが彼は、そうした主張にさえ腹を立てた。

『自分を卑下するふりはやめてください。あなたには、望みに手が届かぬ歯がゆさなど理解できるはずがない』

確かにアティックの言葉を、ウェルナーはよく理解できなかった。

唯一理解できたのは、彼はもう自分を慕っていないということだけだった。

(思えば、ステラの子供になりたいと思ったのはアティックのあの言葉がずっと心に残っていたからかもしれないな)

師弟関係を続けても、その先に待っているのは決別ばかりだった。

でもステラとはアティックのようには仲違いをしたくなかった。

彼女がもし兄弟子と同じようにウェルナーを憎むようになったらと、心の底ではずっと恐れていたように思う。

（家族なら……。子供や伴侶ならきっと、あんな結末にはならないはずだ……）

そう思う一方、ステラが慕ってくれるのは自分の秘密を知らないからではないかという疑惑が浮かぶ。

ふと、アティックがあの秘密をステラに告げる可能性もあるのだと思い至る。

秘密を守る必要があったのは、ウェルナーが死ぬまでの話だ。魔法院は秘密を大々的に公表しないだろうが、それでもステラなど弟子たちには話す可能性もある。

ウェルナーはいてもたってもいられず、己の姿を子供に変化させると、側にあった壁の穴から、暗くて埃《ほこり》まみれの通気口へと潜り込んだ。

その先にあるのは、庵に張り巡らされた秘密の通路だ。子供の身体でしか入れぬ細い道には所々小さな穴が開いており、そこから各部屋を覗けるようになっている。

その通路から、ウェルナーはいつもこっそりとステラを眺めていた。

彼女は昔から、人前ではあまり弱音を吐かない。辛いことがあっても、一人にならないと顔にも出さない。

特にウェルナーには、頑なにそうした姿を見せなかった。

でもそれではステラの悩みや不調に気づけなくなるからと、彼女をこっそり観察できる通路を作ったのである。

魔法院にいたときは姿を消す魔法を使って様子を窺っていたが、子供になって以来そうした魔法が不得意になってしまったため、建物自体を改造したのだ。それを使い、一人で家事をするステラを眺めるのはウェルナーの数少ない楽しみだったが、いつものように壁から覗いても今日は心が弾まなかった。

(誰だあいつは……！)

それどころか、ウェルナーは思わず壁に拳を叩きつけそうになってしまう。

「仮面のあいだから食べられるように、パンケーキは小さく切ってあげるわね」

ステラのいる部屋を覗けば、愛弟子の膝の上には見知らぬ子供が乗っていて、ウェルナーは息を呑みながら覗き穴に顔を押しつける。

仮面を被っているので子供の顔は見えないが、それでもなんとなく楽しそうにしているように見える。むしろご機嫌といっても、過言ではないかもしれない。

(そこは、俺の場所だぞ……！)

叫びたいのを懸命にこらえ、ウェルナーは歯を食いしばる。

一方アティックは、ステラと仮面の子供を微笑ましそうに見ていた。

「お前は相変わらず、子供の扱いが上手いな」

「この子がいい子なんですよ」

「今は静かだが、こう見えてかなり手がかかる奴でな」

「そうなんですか？　全然見えませんよ？」

ステラは首をかしげながら、食事を終えた仮面の子供の手を拭いてやっている。その仕草にさえ苛立《いらだ》ちを感じていると、アティックがウェルナーのいるほうに視線を向けた。慌てて息を止めると、彼の視線はすっと横へと逸れていく。

「それにしても本当に素晴らしい庵だ。転移装置や魔法人形といい、魔法院にあるものよりどれも作りがいい」

「私にはもったいないくらいですよね」

「お前は師に尽くしてきた。これくらいもらっても当然だろう」

ただ……と、そこでアティックが視線をステラに戻す。

「それでもやはり、一人で暮らすのは寂しいだろう」

「ネフィアがいてくれますし、静かないい場所ですよ」

「だが静かすぎないか？　昔から、お前はずっと家族を作りたいと言っていたが、ここでは伴侶も得られまい」

伴侶ならいると言いたいのをこらえていると、ステラが困ったように笑う。

「師匠を亡くしたばかりですし、すぐに伴侶を見つける気にはなりません」

「だがお前は子供を産みたいと言っていただろう。ならば若いうちに、相手を見つけたほ

うがいいのでは？」

アティックの言葉に、ウェルナーは思わず息を呑む。

（子供……？　ステラは、子供が欲しかったのか？）

家族が欲しいと言っていたのは聞いていたが、子供を産みたいというのは初耳だった。

「それは小さな頃の夢です」

「そう自分に言い聞かせているだけだろう。お前は子供が好きだし、何より一人になることを恐れていたではないか」

アティックの指摘に、ステラが固まる。

鈍いウェルナーにも、彼女が図星を指されたのだとわかった。

「ネフィアだっていつまでもここにはいないだろう。だから魔法院に戻ってこいステラ。魔法の才能がないとしても、師の弟子だったお前にはあそこで暮らす権利がある」

「でも、私はここで……」

「今すぐにはとは言わない。けれど時が来たら、お前は戻るべきだ」

アティックはそう言うと、ゆっくりと席を立つ。

それに合わせて、ステラの膝の上から仮面の子供も降りた。

アティックが「そろそろ帰るぞ」と言えば、名残惜しそうな足取りでその後ろについていく。その姿を目で追っていると、不意に不気味な仮面がウェルナーのほうへと向いた。

仮面の子供は、ウェルナーの存在を感知している気がした。ぽっかりと空いた黒い目の穴を見ていると、奥に潜む闇に囚われていくような錯覚に陥る。

（……ッ、なんだ、これは……）

そのとき突然、ウェルナーの身体から力が抜けた。慌てて壁に手をついたので倒れるのは免れたが、ズキリと頭が痛む。

魔力の枯渇かと思ったが、いつもと症状が違う。

（身体の感覚が……狂って、いくようだ……）

五感が麻痺《まひ》し、ついには視界までもが闇に覆われた。嫌な予感を覚え、その場を離れようとしたさなか、不意に不気味な声が聞こえてくる。

『……ひとまず……成功……だろう……』

『だが、まだ……』

『複製できた……問題ない……』

聞こえてきたのは、複数の男の声だった。聞き覚えはあるが、声は遠くかすれているため正体がつかめない。ぼんやりとひらけてきた視界に映ったのは、魔法院にある実験室にそっくりな場所。何が起きているのか確認しようとしても、意思に反して身体はままならず視界はぐらぐらと揺れる。

（まるで誰かの視界を……覗き見ているかのようだ……）

でもそれは自分ではない。自分ではないが、何か不思議な繋がりを感じる。

その繋がりをたどろうとしてみたが、そこで突然激しい頭痛と目眩に襲われた。

『……ああ、待て。……崩壊……しかけている』

『……修正……を……』

『だめだ……壊れる……』

「ぐ、ああ……ッ――!!」

男たちの焦る声が聞こえた瞬間、ウェルナーは掻きむしるように頭を押さえた。

脳が焼かれていくような激痛に、苦悶の声がほとばしる。

【痛い……苦しい……痛い、痛い、痛い】

自分とは別の意識が重なり、ウェルナーの自己が薄れていく。

「師匠ッ！　しっかりしてください、師匠!!」

だが自分を見失いかけたとき、ステラの声に呼び戻される。

次の瞬間、再び視界が闇に覆われ、右も左もわからなくなった。

「……師匠、お願い……私を見てください！」

耳元で聞こえてくるステラの声は、泣いているのか震えていた。

思わず声のするほうに手を伸ばすと、小さな身体がぎゅっと抱きついてくるのを感じた。

抱きしめ返すと、柔らかなぬくもりが痛みを消してくれる。

「ステラ……」

弟子の名前を呼びながら瞬きを繰り返せば、ようやく視界が元に戻り始めた。

見れば、そこはウェルナーが最初にいた地下室であった。

「俺……は……」

「部屋の入り口で倒れていたんです。それに、なんだか様子がおかしくて……」

ウェルナーを抱き起こし、ステラが顔や身体に触れてくる。

そうされていると、不調が嘘のように全てが元通りになっていく。

「もう、大丈夫だ」

「でも顔色がとても悪いです」

「それも、すぐに直るだろう」

自分の状態を確認したが、身体には何一つ異常はなかった。痛みも引いて感覚も戻っているが、ウェルナーを見つめるステラの顔は浮かないままだ。

「でも様子がおかしかったのは確かです。それにさっきの師匠、まるで人形にでもなってしまったようで怖かったんです」

「人形……？」

「ピクリとも動かない状態で固まっていたんです。明らかに何かが変でしたし、病院に行ったほうがいいのでは？　それかネフィア姉さんを呼び戻して、診察してもらうとか」

愛弟子の提案を、ウェルナーは頭の中で検討する。

(確かに少し、気になることはある。とはいえ、俺の身体は病院で見てもらうわけにはいかない……)

それにネフィアとは今、連絡が取れない。それに彼女には魔力や魔法を完全に消すという特技がある。ウェルナーでさえ探知は難しく、魔法院の調査をしている今は特に、自分の位置を探られぬよう完全に隠れているはずだ。

「となると、あそこしかないか……」

「あそこ？」

ウェルナーの独り言に、ステラが首をかしげる。

「身体を調べる施設がある。ただ、ここからかなり距離があるうえに、魔力の流れが複雑な場所だから移動に時間がかかると思う」

転移魔法にはある装置を用いるのだが、装置はもう長いこと使っておらず、調整にも時間がかかる。それを説明すると、ステラが勢いよく立ち上がる。

「なら善は急げです。すぐに出かけましょう」

「それはいいが、アティックのほうは大丈夫だったのか？」

「彼は帰りましたし、最後まで師匠のことに気づいた雰囲気はなさそうでしたよ」

「あの子供もか？」

「ルアのことですか？　特段、何かに気づいた様子はなかったようでしたけど……」

目が合ったのは気のせいだったのだろうかとウェルナーは悩む。

けれどルアと呼ばれた少年のことを思い出すと、ステラの膝に彼が乗っていたことやアティックから聞かされた彼女の願いが頭をよぎり、思考が別の方向に逸れていく。

（ステラは自分で子を産み、あのように可愛がりたいと思っているのだろうか）

アティックや仮面の子供のことを気にかけるべきだとわかっているが、ステラのことばかりが頭を埋め尽くす。

（だとしたら俺は、彼女の伴侶にはふさわしくないのだろうか……）

前にうっかり赤子になったとき、ステラは子供が欲しそうなことを言っていた。今までの様子を見れば、彼女が家族を――夫だけではなく子供を欲しているのは明らかだ。

（……でも俺は……ステラのその願いを叶えられない。それどころか……）

彼女を幸せにしたいと言っておきながら、それを奪う可能性さえあるのだとウェルナーは今更気がついた。ならばそのことを彼女に打ち明けるべきだと思うのに、やはり言葉は出てこない。

一人で悶々としていると、ステラがゆっくりと立ち上がる。そのまま彼女が去ってしまうような錯覚に陥り、ウェルナーは思わず彼女の手を摑む。

すると驚いた表情を浮かべたステラが、そっと彼の頭に手を当てた。

「私はどこにも行きませんから、大丈夫ですよ」

優しい愛弟子は、ウェルナーの髪を緩やかに撫でる。

「支度をしてくるだけです。たぶん、遠出になるんですよね？」

「ああ、かなり遠い」

「なら、色々用意しなきゃいけませんね」

そう言って、ステラは笑顔を浮かべた。

それに救われた気持ちになりながらも、内心では焦りが増していく。

(俺は、ステラを不幸にしているのかもしれない)

彼女には幸せになってほしいと、そう思っていたはずだった。

だが彼女の幸せには自分以外の伴侶が必要だという事実に、胸が張り裂けそうになる。

(でも彼女が去ったら、俺はきっと耐えられない……)

ステラのためによりよい選択ができない自分は、なおさら伴侶にはふさわしくない。

そうとわかりながらも、ウェルナーはどうすれば彼女に捨てられずにすむのかと、そればかり考えてしまう。

(どのみち、彼女にはそろそろ俺の秘密を打ち明けるべきだ。それでもなお、側にいたいと思ってもらえるように、今は努力するほかない……)

ただその秘密は今までウェルナーから様々なものを遠ざけてきた。

アティックのように、ステラも見る目が変わってしまったらと恐怖を覚えるが、それは必死で見ないふりをする。

「師匠？」

難しい顔で押し黙っていたウェルナーに、ステラが不安そうな顔をする。それに気づいたウェルナーは大人の姿へと戻ると、彼女をぎゅっと抱きしめた。

愛弟子の髪に頬をすり寄せながら、しばし考え込む。

「なあ、突然だがデートをしないか」

「デ、デート!?」

「伴侶として、恋人として、俺がお前にふさわしいと示す機会が必要だと思ったのだ」

「デートは嬉しいですけど、まずは身体を調べないとだめですよ！」

「もちろん検査は行う。だが俺には早急にデートも必要だ」

本音を言えば身体のことは二の次にしたいが、それではステラが納得しないだろう。

だが運よく、これから向かう場所はデートにうってつけだし、時間も取れる。

「そ、そこまで言うなら、わかりました。でも身体は本当に大丈夫なんですね？」

「問題ない。先ほどの不調も、今はもうなかったかのようだ」

「じゃあ無理をしない範囲で」

言い聞かせる声は恋人というより母親のようで、ウェルナーは少し焦りを感じる。

叱るような言い方はとても好きだが、子供扱いされているだけでは伴侶にはほど遠い。

だからウェルナーは焦るあまり、次の瞬間には目的地への転移を始めていた。

「ちょっと、まだ準備が——」

「問題ない。さあ、行くぞ」

ステラの慌てる声を無視し、ウェルナーは魔法を発動させた。

次の瞬間二人の姿は忽然と消え、俺に残されたのは静けさだけだった。

第六章

（本当に、唐突なんだから……）

呆れと暑さに、ステラは大きく息を吐く。

ウェルナーの庵がある世界の果てから真逆の地――大陸の南端にある島国が連《つら》なる列島が、師の言う目的地だった。

『ルドラ』と呼ばれる国は観光地として有名な場所だ。一年を通して温かく、火山地帯で地下からは効能のある温泉も湧き出している。

更に、このあたりの海には古代の遺跡が数多く残っていて、それを目当てに観光客がやってくるのだ。

ウェルナーたちがいた世界の果てと違い、こちらの遺跡は当時の形を保っているものも多い。それらは巨大な海上都市だったらしく、海から突き出している先端だけでも空を裂くほどの高さを有している。それらは夜になると光を放ち、とても幻想的だ。それを目当てに観光客が詰めかけ、遺跡の周りを巡る遊覧船なども人気らしいとステラはネフィアから聞いたことがあった。

「目的地へ向かう転移魔法の調整に二日ほどかかる。その間はこの街に滞在し、お前とデートをするつもりだ」

ウェルナーらしい端的な指示に従い、ステラは彼と共に人気のない裏通りを進んだ。

そこは日陰になっているが、それでも蒸すような暑さに彼女は息を乱す。

（……ローブ、いらなかったかも）

素性《すじょう》がバレないようにとわざわざフード付きのローブを纏っていたが、それが徒《あだ》になり汗が噴き出している。

ステラの行動範囲はどこも北寄りで、高温と湿度に縁《えん》がなかった。そのせいでルドラの気候にはさっそく根をあげそうだ。

（師匠は、この暑さも平気なのかな……）

声をかけようとするが、顔を見た途端言葉は喉につかえてしまう。

師は、思い悩むような顔で視線を下げたまま、ずっと押し黙っている。

デートをしようという言葉とは裏腹に、師の顔はいつになく険《けわ》しい。

体調不良を疑うが、見たところ顔色は悪くなさそうだ。

（アティックが来たことで、何か不安になっているのかな……）

明らかに様子がおかしくなったのは、彼の一番弟子が庵に来てからだ。

（もしかして私たちの会話を聞いていた？）

魔法院に帰ろうという誘いを気にしているのなら、この表情にも説明がつく。

しかし真意を尋ねる間もなく、ウェルナーが視線に気づいて顔を上げた。

「具合が悪いのか？」

ステラの息が荒いことに気づいたのか、彼が慌てだす。

「それはこっちの台詞です。この暑さですし、不調が出ていたりしませんか？」

「いや、俺は暑さを感じないから……」

「えっ、こんなに気温も湿度も高いのに？」

驚くと、なぜだか彼はしまったという顔をする。

その反応を怪訝《けげん》に思いながら様子を窺うが、確かに彼は汗一つかいていない。

（そういえば、師匠って暑がったり寒がったりあんまりしないかも）

それを羨ましいなと思っていると、師の指がステラの前で弧を描く。

「えっ!?」

次の瞬間暑さと重さが消え、驚いたステラは自分の身体を見た。ローブは薄手のストールに変わり、下の服まで現地の人が纏う薄手のシャツとサルエルに変化している。

「あ、あのこれ……」

「現地の衣装を模してみたのだが、不快か？」

尋ねられ、ステラは慌てて首を横に振る。

「いえ、とても涼しいです。でも顔が出ていて大丈夫でしょうか？」

「このあたりは、魔法使いがあまり来ない」

ならよかったとほっとしていると、師が大きく肩を落とす。

「もっと早く変えてやればよかった。本当にすまない……」

「大丈夫です。私も、何も言わなかったし」

「言われなくても察するのが、夫というものだろう」

「言葉もなく察するなんて、心でも読めないと無理ですよ」

だから気にしないでほしいと言ったが、やはり師の顔はどことなく浮かない。

（それに、今日はなんだか壁がある気がする）

思い悩んでいるときの師は、誰の言葉も届かない。ステラも例外ではなく、けれどそれを仕方ないと今までは思っていた。

偉大な魔法使いであるウェルナーの悩みを、末弟である自分が理解できるわけがない。むしろ思考の邪魔にならないことが大事だと、ずっと思っていたのだ。

（でも今日は、なんだかすごく寂しい……）

悩みを打ち明けてほしいなんて傲慢《ごうまん》だ、身の程を弁《わきま》えろと自分に言い聞かせるものの、寂しい気持ちは一向に消えなかった。


ウェルナーがステラを連れてきたのは街の外れだった。

あたりが寂れているので少し不安になったものの、ほどなくたどり着いた建物にステラは別の意味で驚愕することになる。

「ここをルドラ滞在時の拠点とする。転移魔法の調整も、ここで行うつもりだ」

「あ、あの……っ、本当にここに泊まるんですか？」

ウェルナーが進んでいく先にあったのは、やたらと高級そうなヴィラである。

（ホテル……にしては人がいない。もしかして、ここも師匠の庵なのかな？）

白い砂浜の側に立つヴィラは、赤い屋根と白い壁が印象的な建物だった。庭にはプールがあり、研究用の庵というよりは高級な宿泊施設といった雰囲気である。

入り口に立つと、ウェルナーが懐から取り出した鍵で扉を開けた。

彼に促され中に入ると、そこには南国様式の家具が並ぶ広々とした部屋が広がっている。

豪華《ごうか》さに驚いていると、おずおずとウェルナーが隣に並んだ。

「気に入っただろうか？」

「す、すごく素敵です。でもあの、ここはいったい……」

「ずっと前に買ったまま、使っていなかった別荘だ。前に、と言ってもステラが十二歳くらいの頃だが、海で遊びたいとそう言っていただろう」

「そ、そんなに前に!?」

見たところヴィラは新居のように美しく、まさかそんなに古いとは思わなかった。

(でも少し魔法の気配がある。もしかしたら、魔法人形にずっと管理させていたのかな)

だとしたら、嬉しい以上に申し訳ない気持ちになる。

「すみません。遊びたいと言ったような気はしますが、正直覚えていなくて……」

「いや、覚えている間に連れてこられなかった俺が悪い」

だから気にするなと言いながら、ウェルナーは換気のために裏庭へと続く窓を開ける。

そこから差し込んできた海風は心地よく、普段はあまり表情が変わらない師も穏やかに目を細めている。

「ここを買ったときは、まさかお前と一緒に来られるとは思わなかった」

師の横顔に見惚れながら、ステラはふと疑問を覚える。

「わざわざ買ったのに、師匠はここに来るつもりはなかったんですか?」

「……あの頃の俺は、お前が思っているより自由がなかったのだ」

告げる声と横顔はどこか寂しげで、ステラは思わず彼の手を握る。

「いずれお前が大人になったら譲ろうと考えていたくせに、そのことをすっかり忘れていた。せっかくなら、あんな地の果てではなくこちらを譲ればよかった」

「こんな豪華な別荘もらえません」

「もしかして、迷惑か？」

ウェルナーが不安そうな顔でステラの手を握り返す。

「俺は、お前がどんなものに喜び笑顔になってくれるのかわかっていない。だから間違っているならそう言ってくれ」

「う、嬉しくないわけじゃないんです」

「なら何が問題か教えてほしい。俺はお前を、どうやったら幸せにできるか知りたい」

真剣な言葉に、ステラは戸惑う。その反応に不安を抱いたのか、ウェルナーが僅かに目を伏せた。

「俺はお前に嫌われたくない。だからどうか、至らぬ点があるなら言ってくれ」

頼むと告げる声は、いつになく必死だった。

ステラは自分への強い想いを感じ、喜びと共に師の手をぎゅっと握りしめる。

「別荘も嬉しいけれど、私はあなたと一緒の時間を過ごせるほうが嬉しいです」

「一緒？　時間……？」

「朧気《おぼろげ》な記憶しかありませんか、十二歳の私もたぶん師匠と二人で海に来たいと思っていた気がするんです」

　ステラはウェルナーが開けた窓から外に出る。

「それは今も変わらず、私の幸せはあなたと一緒にいることです。だからこの別荘よりも、別荘で一緒に過ごす時間が私は欲しい」

　力強く言い切れば、ウェルナーはほっとした顔になる。

「時間ならいくらでも持っている。それにお前の望みは俺の望みだ」

　ステラに腕を引かれながらウェルナーも外へと出る。その顔がようやくほころび、不安な顔が消え始める。それに安堵しながら、ステラからぎゅっと彼に縋りついた。

「あとできるなら、師匠には笑顔でいてほしいです。だからもし、笑顔になれないことがあったら私にちゃんと教えてください」

　また笑顔になれるように支えさせてほしいと懇願すれば、ウェルナーもステラに抱きついてくる。

「この俺の笑顔を望んでくれるなんて、お前くらいなものだ」

「なら、独占できますね」

「してほしい。これからもずっと、永遠に、俺を求め続けてほしい」

「え、永遠は大げさでは？」

「だが束の間の関係では、俺はもう満足できない」

縋る腕の強さに、冗談ではなく本気でそう望まれているのだと気づく。

（そうか、この人は普通の人よりずっとずっと長く生きている……。だから半端な約束では、不安がらせるだけなのかも）

膨大な魔力を持つウェルナーの時間は果てしなく長いが、それに付き添えるほどステラは魔力がない。けれどそれを理由に、彼が望む永遠を拒めばきっと彼は悲しむ。

「なら、頑張って長生きします。といっても私は魔力が少ないから、ネフィア姉さんの秘薬頼みになるかもしれませんけど」

彼女は延命魔法と薬の研究をしている。そんな姉弟子の手を借りて、少しでも師の側にいたいと考えていると、ウェルナーの顔からようやく憂いが消えた。

「その言葉を撤回されないよう、俺ももっとしっかりせねばな」

「別に、今のままだって十分ですよ」

「いや、俺はまだまだだ。それに……」

何か言いかけたが、言葉が途中で途切れる。

僅かな間の後、再び口を開いたウェルナーの顔には決意の表情が浮かんでいた。

「実はお前に伝えるべきことがあるのだ。……ただ、もう少しだけ時間が欲しい」

頼むと告げる声を、拒む理由は何もない。彼が何かを秘密にしているという点には少し驚いたけれど、謎が多いのは今に始まったことではない。

（むしろ私、師匠を好きだと言っていたくせに、彼のことをちゃんと知ろうとしていなかったかも）

ステラは、適切な距離を取ることが弟子としての正しいあり方だと思っていた。

彼の秘密や悩みに触れないように、壁があるときは近づかないようにと考え、何も言えず様子を窺うだけのことも多かった。

でも本当はもっと彼に近づき、彼を理解したかったのだ。

それは、きっとステラだけでない。ウェルナーもまた自分との距離を近づけたいと思ってくれていると、今は確信できる。

ならば立ち止まっていてはだめだと、ステラは自分に言い聞かせる。

「どんなお話でも、私はちゃんと聞きます」

「いい話ではないかもしれないぞ」

「かまいません。だから師匠が伝えたいと思ったときに、伝えてください」

「ああ、できるだけ急ぐ。あと……」

言葉が途切れたかと思うと、ウェルナーに優しく唇を重ねられる。

「話をしたら、ステラは俺を嫌いになるかもしれない。そうならないように、もっと執着されたい」

「しゅ、執着!?」

「執着だ。それもドロドロの執着がいい。それがあれば、男女は永遠に離れられないとネフィアの恋愛小説に書いてあったのだ」

「そ、そんなものなくても、師匠を嫌いになるなんてあり得ませんよ」

「あり得ないことなど、この世にはないだろう。この世の栄華を極め、永遠を手に入れたとさえ言われていた文明でさえ、ああして滅んでいるのだぞ」

大真面目な顔で、ウェルナーは海の中にそびえ立つ遺跡を指さす。

対比の対象がとんでもなくて、ステラはつい噴き出してしまった。

途端に、師は拗ねたような顔をする。

「俺は古代文明と違って欠陥も多い。そんな俺を、お前は見限らないと言えるのか？」

「少なくとも師匠は、私にとっては古代文明より特別で大事な存在です。それにあなたが欠陥だと思っているところも、愛おしく思う可能性のほうが高いです」

「ならばそれを試すためにも、俺とデートをしてほしい。お前が側にいたいと思える存在だと、頑張って証明するから」

言うなり、ウェルナーはステラを抱き上げる。

「い、いきなり何を!?」

「最初の証明だ」

何をするのかと思えば、彼はそのまま海のほうへと歩きだす。

「まずは、お前の願いを叶えられる男だと証明する。そして俺の価値を再発見してもらう」

「ね、願いって何をするつもりです!?」

「俺と海で遊びたかったのだろう。その願いをまずは叶える」

「そ、それは子供の頃の願いで……！」

「それでも願いは願いだ」

ウェルナーは、ステラの制止を聞くつもりはないらしい。

彼女を抱き上げたまま、彼はためらいもなく服のまま海に入っていく。

「ま、待ってください。服のままだと溺れてしまいます」

「そうか、ならば……」

そこで師がステラから片腕を放す。その手が魔力を集めているのを見た瞬間、彼女は咄嗟にその手を摑んで必死に止めた。絶対これは魔法で服を消す流れだ。

「だからって、脱げばいいわけじゃないですからね！」

「着ていても脱いでもだめなら、どうすればいい」

「普通は水着で入るものです」

「水着というものを俺は知らない」

「えっ、水着ですよ？　泳いだことないんですか？」

「ない……」

知らないものは魔法で取り出せないと、ウェルナーが目を伏せる。

しゅんと肩を落とすその顔に、ステラは罪悪感を覚える。

(確かに、師匠が海で遊んでいるところは想像できないし、そんな機会もなかったんだろうな)

いきなり叱るのではなかったと、ステラは反省する。

「なら、このまま遊びましょう。足をつける程度なら、服のままでも大丈夫ですし」

ステラはこう見えて泳ぎは得意だ。ウェルナーが着せてくれた服は薄いし、もし流されても多少はなんとかなるだろうと思い直す。

「服のままでも、かまわないのか？」

「ここは誰もいませんし、咎める人もいないでしょうから」

そう言って、ステラはウェルナーの腕から飛び降りる。

海水は少し冷たいが、暑さで火照った身体にはちょうどいい温度だ。海水を手ですくい、ステラは師の身体にそれを勢いよくかけた。

「冷たいな」

「でも、気持ちいいでしょう」

「ああ。もっとかけてくれ」

姿は大人だが、もっととせがむ姿は子供のようだ。愛おしさを覚えつつ、ステラは思いきり水をかける。

彼女も子供のようにはしゃげば、ウェルナーが軽く指を回した。魔法を使ったのだと気づいた瞬間、ザブンと大きな波がステラにかかる。

「ちょ、ちょっと……やりすぎですよ！」

「このほうが、お前を濡らせると思ってな」

驚いて立ち尽くすステラの側で、もう一度彼は指を鳴らす。

再び現れた大波に、今度は二人してずぶ濡れになる。

「うん、濡れたステラは可愛いな」

突然の甘い賛辞に、ステラは頬を赤らめた。

「むしろ、髪もめちゃくちゃで酷い有様だと思うんですけど」

「そんなことはない。とても可愛い」

しみじみと言いながら、濡れて張りついた髪をそっと指で払われる。

くすぐったさを覚えながら、ステラも濡れて乱れた師の髪にそっと触れた。

ささやかなふれ合いと視線を重ねていると、ウェルナーがそっと身をかがめる。

キスの訪れに目を閉じれば、想像よりもずっと優しいぬくもりが唇に重なった。

「ステラを俺に執着させるはずが、俺ばかり心を奪われている気がする」

短いキスの後、ウェルナーがステラの身体をぎゅっと抱きしめる。

それだけで身体がじんわり熱くなり、ステラは小さく息を呑む。彼女の変化に師も気づいたのか、身体に回した腕の力が僅かに緩まる。

「また、魔力が僅かに溢れてしまっているな」

「ネフィア姉さんの薬、いったいいつ消えるんでしょうか……」

「あいつが帰ってこないことにはわからんな」

ウェルナーがステラの瞳を覗き込む。

「乱れるステラは可愛いが、最近は少し複雑だな」

「複雑……？」

「この反応は、俺ではなく薬が引き出したものだろう。そう思うと、なぜだか寂しい気持ちになる」

俺に溺れてほしいとこぼれた声にステラの身体がまた熱を持つ。

（確かに魔力や溢れやすくなっているのは薬のせいだけど。……そのきっかけは、師匠なのに）

それを口にするのは恥ずかしかったけれど、寂しげな顔を見ていると黙っていてはいけない気がした。

だからステラは勇気を出し、自分からウェルナーの唇を奪う。

「薬のせいで身体がおかしくなっているのは事実です。でもきっと、他の誰かじゃこうはならなかった気がします」

「俺だからだと、思ってもいいのか？」

「ええ、師匠だからですよ」

彼の手だから、彼のぬくもりだから、ステラは身も心も乱れてしまうのだ。

恥じらいもあるが、自分の言葉に微笑む師の顔を見れば、これからもこうして言葉にしていくべきだと気づかされる。

「師匠への愛おしさが、私をおかしくさせるんです」

自分の気持ちを行動で示すため、ステラはキスをしようと背伸びをした。だが突然、ウェルナーが自分の口元を慌てて手で押さえる。

「だめだステラ。今口づけられたら、我慢ができなくなる……」

この場で押し倒しそうだと告げる顔は苦悶に満ちていた。

だからステラは、にっこり笑う。

「もし身体が平気なら、我慢はしないでください。あなたに求めてもらえるのは、私にとっても喜びなので」

ステラはウェルナーの手をそっとどける。愛おしさを指先に乗せ、師の顔を引き寄せながら唇にそっと口づけを落とす。

この愛情が伝わるようにと祈っていると、ぐっと腰に腕を回された。そのまま身体を持ち上げられ、ステラは慌てて彼の身体に縋りつく。

「海で遊ぶのはまた今度にしよう」

その言葉で、ウェルナーがしようとしていることに気がついた。それはステラの望みでもあったけれど、濡れたままベッドに行きかねない彼を見て、さすがに冷静になる。

「せ、せめてシャワーを浴びさせてください」

海とヴィラの間にあるプールには、備え付けのシャワーがある。せめてここで海水を流したいと主張すれば、師はそこまでステラを運んでくれた。

ヴィラの設備は全て魔法使い用らしく、蛇口に魔力を注げば水が一気に噴き出す。これでひと心地つけるとステラは思ったが、次の瞬間シャワーが設置されたヴィラの壁に両手を縫いつけられる。

「濡れながらというのも、悪くない」

こちらを見つめる師の顔には危《あや》うい色香が漂い始め、ステラは荒々しく唇を奪われた。

降り注ぐ水のせいで、いつも以上に呼吸がままならない。けれどウェルナーはおかまいなしにキスの雨を降らせ、ステラのストールを剝ぎ取った。

「だ……め、ッ、ここじゃ……」

外でするなんてと必死に訴えていると、ようやくキスが止まる。

「安心しろ、このあたりは全て俺の所有地だから誰も来ない」

「す、全て……？」

「ヴィラを管理している人形を除けば、誰も来られないようにしている」

その人形たちも、今は地下の研究室で転移装置を作っているから顔を見せないと言われてしまえば、拒む理由はなくなってしまう。とはいえさすがに裸になるのは恥ずかしいと思っていると、ウェルナーがサルエルの紐をそっと緩めた。

「お前が何に怯えているかはわかる。だから全てを晒すようなことはしない」

緩めたウエストから手を差し入れ、下着の上からそっと襞をなぞられる。

それだけで身体は期待に震え、淫らな掌に腰を押しつけてしまう。

（私、日に日に淫らになってる……）

薬を飲んだあの日から、ステラは毎日ウェルナーに抱かれてきた。

おかげで彼女の身体はすぐさま反応し、師もまたどこに触れればステラが感じるかを熟知している。

「ステラは、俺の指を飲み込むのが上手くなった」

指を抜き差しされると、蜜があふれてくるのがわかる。シャワーの音にかき消されているけれど、ステラの膣は卑猥《ひわい》な音を立てながら蜜をこぼしていることだろう。

はしたないと思いつつも、身体は期待に震えている。心もまた淫らな欲望に染まり、ウェルナーが欲しくてたまらなくなる。

「お願い、はやく……」

「だが、まずはしっかりとほぐさねば」

「大丈夫だって、知っているくせに……」

甘く拗ねたような言葉がこぼれると、ウェルナーの顔に妖しい笑みが浮かぶ。

「そうだな、お前はすぐ俺が欲しくてたまらなくなるのだった」

「……なら、お願い、します……」

懇願すれば、同意のキスが施される。キスはすぐさま深まり、二人は濡れた服の上からお互いの身体に手を這わせた。

冷たいシャワーを浴びるうちに、二人の熱が増していく。ここは外だと思うとまだ恥じらいはあるが、それ以上に増していく興奮に身を委ねた。

「あ……、師匠ッ……」

ステラは愛する師を受け入れ、降り注ぐ水を浴びながら甘い期待に身体を震わせたのだった。

◇◇◇　◇◇◇

ステラを執着させ、願いを叶えたいとウェルナーは言った。

その意気込みが並々ならぬものだとわかったのは、翌朝彼に甘い声で起こされたときだった。

「ステラ、昨日はベッドの中から出られなかったから、今日こそはデートに出かけよう。お前が望むものを何でも買わせてくれ！」

そんな言葉と共に、目覚めたばかりのステラの頭上に降り注いできたのはルドラの貨幣だった。まだ夢を見ているのだろうかと、ステラは慌てて目をこする。夢ではなく現実で、雨のように降り続ける貨幣はウェルナーの魔法によるものらしい。

「こ、このお金どこから!?」

「ずいぶん前から、ネフィアに『いざというときのために資産を用意しておけ』と言われて集めていたものだ」

二人が暮らしている俺も、このヴィラもその一つだと説明され納得する。ネフィアはステラよりずっと早くウェルナーが自由になりたがっていると気づいていたのかもしれない。

「ということで、これで豪遊しよう」

「ご、豪遊!?」

「女性は豪遊が大好きだと本にあったのだ。だからお前と豪遊したい。豪遊は嫌いか？」

「嫌いというか、したいと思ったことがなくて」

ステラはあまり欲もなく、何かを欲しいと思うことも殆どない。あふれ出る貨幣に目を向けながら素直に言うと、途端にウェルナーが困り果てた顔をする。

「……女性を幸せにするには金と権力だと、本にはあったのだが……」

「い、いったいどんな本を読んでるんですか!?」

「ネフィアからもらった『お目当ての女性をメロメロにする百の方法』という本だ」

差し出されたそれは、エデンで売られている雑誌である。下世話で内容が浅いと、悪い意味で評判のものだ。

（あえてこれを渡すって、師匠絶対にからかわれてる……）

だが当人はたぶん、からかわれていることにも気づいていないだろう。手渡された雑誌には何度も読み返した跡があり、本気で熟読したに違いない。

（師匠、いい意味でも悪い意味でも勉強家なのよね）

その結果、色々とズレたことを言い出したのだろう。

「えっと、そういう本は誰にでも通用するわけではないので……」

「絶対に好きになってもらえると書いてあったのは、嘘なのか？」

「こうした雑誌は誇張表現を多用するものなんです」

「誇張表現ではなく、確実に好きになってもらえる方法が書かれた本はないのか？」

「あいにく、そうしたものはありません。魔法の因子が無数にあるように、女性だって色々いるでしょう」

「……確かに」

師がわかりやすいように魔法の知識を絡めれば、彼は納得したようだ。

「しかし、教本がなければお前の好感度を上げることなど不可能だ」

「そんなことはないですよ」

「だが、俺だぞ」

「世界で一番偉大な魔法使いが、なに弱気なこと言ってるんですか」

恐れられることも多いウェルナーだが、凛々しい見た目もあって人気もあるのだ。

エデンでは、女性から露骨なアピールをされていたこともよくあった。

ただ当人は、アピールに全く気づいていないようだったが。

「師匠は魅力的な男性です。そう言ってくれた人も今までいたでしょう？」

「言われたことはあるが、大抵俺の中身を知ると言葉を撤回する」

「少し個性的だから、最初の印象との差でびっくりするんですよ。でも師匠は優しいし、賢いし、ちょっと抜けてたりもしますが、そこも含めて私は魅力的だと思っています！」

今口にしたのは、彼女がずっと胸に秘めていた言葉だった。そのせいか声にはつい力が入り、ウェルナーについて語る瞳も輝いてしまう。

「だからもっと自分に自信を持ってください。あなたは、とっても素敵です！」

最後は手まで摑み、強く主張する。

そんなステラをじぃーっと見つめる師の視線で、彼女は我に返った。

（つ、つい……熱くなりすぎた……）

口にした言葉は全て、絶対に言うまいと思っていたものばかりだった。ウェルナーを励ますためとはいえ、好意を示しているに等しい言葉をはっきり言えたのは彼女自身にも変化があったからだろう。

ここ数日、ウェルナーはステラが思い描いていた恋人や夫らしい振る舞いをしている。

最初に『伴侶になる』と言い出したときはいつもの暴走かと思ったが、蓋《ふた》を開けてみればステラに好意を寄せているとしか思えないことばかりだった。

だからステラも、自然と好意を返したいと思えるようになったのだ。

「お前に褒められると嬉しい」

ウェルナーの顔には無邪気な笑みさえ浮かんでいて、ステラは言葉にしてよかったと安堵する。

（うん、やっぱり師匠は私のことを好きでいてくれる気がする）

だとしたらもう、自分の気持ちを隠す必要はないだろう。

むしろステラも気持ちを伝えるべきときではないかとさえ、今は思う。

（きっと私が臆したら師匠は不安がる。それに私も、そろそろ前に進みたい）

ここにはもう、ステラのことをふさわしくないと言う弟子たちはいない。

ウェルナーもようやく自由になれた今はためらう理由もないと、心の中でこっそり気合いを入れる。

（このデートでは、私も頑張ろう）

むしろ間違った知識ばかりのウェルナーの手を引こうと、ステラは決めた。

「あっ、でもルドラは観光地だから、デートをするにはさすがに変装しないとですね」

服も変えましょうと提案すれば、師は軽く指を振る。

途端に彼の服もルドラの民と同じ装いになり、長かった銀の髪は黒く短いものになる。

顔立ちはあまり変えていないが、顎に短く生やした髭のおかげで普段の彼とは別人のようだ。

「この姿でも大丈夫だろうか？　せっかくのデートならあまり年齢や顔をいじりたくないと思ったのだが……」

「……も、問題ないと思います」

「そういうわりに、声が震えているぞ」

「そ、その姿も素敵だからですよ。短い髪がすごく似合うし、ちょっと渋い感じもいいなって」

「ほう」

何やら満足げに声をこぼしたウェルナーにキスをされる。髭がチクリとあたる感覚が少し新鮮で、いつもよりちょっとゾクゾクした。

「確かに、気に入ってくれたらしいな」

これはいいデートになりそうだと師は笑うが、ステラは逆に心配になる。

(……師匠が素敵すぎて、私の心臓がもたないかもしれない)

その予感は、すぐに的中することになった。

◇◇◇　◇◇◇

(……デートというものは、素晴らしいな)

ステラと繋いだ手をしみじみと見つめながら、ウェルナーは目を細める。

二人は今、ルドラの中心地にあるマーケットに来ていた。ステラは興味津々で、名産品である貝や珊瑚《さんご》を用いた装飾品を眺めている。

「何か欲しいものがあれば言うといい」

「いえ、ただ眺めているだけですから」

「でも、あの巻き貝のイヤリングはお前に似合うのではないか？」

そう言って露店に近づこうとすると、ステラに慌てて腕を引かれる。

「本当にいりませんから」

「しかし……」

「こうして店を巡りながら歩けるだけで、私は十分です」

その言葉に嘘はないのは見ればわかる。一方で、ウェルナーは寂しさを覚えた。

(そういえば、ステラはあまり物を欲しがったりしないな)

昔から聞き分けのいい子で、我が儘を言うこともなかったように思う。

家族を失って辛いときでさえ、彼女は弱音もあまり吐かなかった。

(弱さを見せなかったのは、俺が頼りがいのある師ではなかったからだろうか……)

むしろ迷惑ばかりかけ、彼女に無理をさせていたのではと不安になる。

そんなことに、十年以上も気づけずにいた己に失望した。

(……でも、不備があるならば直せばいいのだ。俺にだって学習機能はあるのだから)

それにはまず、ステラのことをよく観察しよう。彼女の望みや感情を見抜き、求めるものを差し出せる存在にならねばとウェルナーは考える。

そのためにもと、彼はじぃーっとステラを見つめ続ける。大事なことを見逃さぬようにといつも以上に真剣に見ていると彼女の耳が赤くなる。

「ん？　もしやここは暑いか？　どこかで涼むか？」

赤くなった耳を撫でながら言えば、ばっとステラが振り返る。その顔も真っ赤で心配になってしまう。

「これは、暑いからではありません」

「でも真っ赤だぞ」

「だって師匠が、そんなにじっと見つめてくるから」

火照る顔を手で扇《あお》ぐ姿を見て、どうやらステラは照れているらしいと気づく。

「だからあの、そんなに見つめないでください」

「しかし、見ていないとお前のことがわからない」

「わ、わからない？」

「俺はお前への理解が足りなすぎるだろう。それを埋めるために、お前を観察しているのだ」

説明するとステラの顔から赤みが引いていくが、なんとなく居心地が悪そうだった。

「私のことを理解しようとしてくれているのは嬉しいです。でもあの、見るより尋ねたほうが早いのでは？」

「しかしネフィアにもらった本では、言葉がなくても妻の考えを悟るのがよき夫だと……」

「本のことは一度忘れましょう。そうした夫を望む妻がいるのは事実ですが、私は聞いてもらっても問題ないので」

「察しが悪い男だと、嫌になったりはしないか？」

「そもそも師匠の察しがよかったことって、あります？」

「ないな」

ものすごく長い時間を生きてきたが、察しが悪く空気が極端に読めないと叱られてばかりのウェルナーである。

「でも私は、そういう師匠と一緒にいて嫌な気持ちになったことがないんです」

「確かにお前は、俺と一緒にいても嫌な顔をしない」

「今までだってそうだったのだから、今更不機嫌になったりはしませんよ」

ならばここは直接尋ねてみるべきかと、ウェルナーは考えを改める。

「では単調直入に聞こう。俺はお前の望みや我が儘を叶えたいのだが、どうすれば俺にそうしたものを打ち明けてくれるのだろうか？」

「わ、我が儘を、ですか？」

「お前は昔から聞き分けがいいだろう。そこがよさだとわかっているのだが、頼られたり甘えられたりしたいのだ」

素直に打ち明ければ、ステラは悩ましげに首をかしげた。

「師匠が望んでくれるなら甘えたいですが、やり方がわからなくて……」

「甘えたり我が儘を言うのに、やり方があるのか？」

「そもそも我が儘は口にしてはいけないと思っていたんです。だからその、いざ甘えてみようと思っても戸惑ってしまうというか」

ステラはため息をこぼし、悩ましげに眉を下げる。

「師匠に嫌われたくなかったから、迷惑をかけないようにと自分を律してきたので」

「我が儘は迷惑にはならない」

「そう言ってもらえると嬉しいです。でもあの、ちょっと、いきなりは難しいので練習を！」

拳を握って主張するステラが可愛くて、ウェルナーはふっと頬を緩める。

「なら一緒に練習をするか。俺はステラを甘やかす練習をするから、お前は甘やかされる練習をしろ」

「わ、わかりました」

僅かに頬を赤らめてから、ステラは先ほどの露店に目を向けた。

「あ、あの、やっぱりさっきのイヤリングを買っていただいてもいいでしょうか？」

「もちろんだ。あれはきっとお前に似合う」

さっそくイヤリングを買い、ウェルナー自らそれをステラの耳につけてやる。

ウェルナーの指先が触れるたびステラの耳は真っ赤になっていたけれど、揺れるイヤリングにおずおずと触れる彼女の顔は幸せそうだった。

「師匠からの贈り物、嬉しいです」

「なら、もっと買おうか」

「ほ、ほどほどでいいですよ。私の心臓ももたないので」

「ステラは甘え方を覚えるだけでなく、心臓も鍛えたほうがいいな」

「鍛えようと思って、鍛えられるものではないのでは？」

　確かに、魔法でも使わない限り臓器の強度を変えるのは難しいかもしれない。

（ステラは魔力もあまりないし、さすがに無理かもしれないな）

　などと考えながら彼女の身体と魔力に目を留めたウェルナーは、小さく首をかしげた。

「どうしました？」

　ウェルナーの反応に、ステラも首をかしげる。

「いや、お前の魔力がまた増えている気がしてな」

「薬のせいでしょうか」

「そう思っていたが、これは……」

　違和感を指摘しようとしたが、そこで突然ウェルナーは殺気に満ちた視線を感じた。

　咄嗟にステラを抱き寄せ、視線のほうへと目を向ける。

　しかしそこには、誰もいない。

　近くには露店がいくつかあるが、客引きたちの顔は穏やかで殺気を向けていた気配は欠片もなかった。

（……気のせいか？）

なおも周囲を見回していると、腕の中のステラが小さく震える。

「あ、あの、どうかしましたか？」

おずおずと顔を上げる愛弟子に、真実を伝えるべきか迷ったが、不安がらせたくない思いが勝ちウェルナーはあえて強くステラを抱きしめた。

「なんだか突然、抱きしめたくなった」

「で、でも、こんな往来で……」

「往来ではだめなのか？」

「さすがに恥ずかしいです」

慌てて腕を放すと、ステラが顔を真っ赤にしながらウェルナーの手を握る。

「そ、外ではこれくらいでお願いします」

ぎゅっと手を握られると、だめだと言われたのに抱きしめたい気持ちがもっと強くなる。

「デートというのは、大変だ」

「大変？」

「往来で抱きしめてはいけないのに、そうしたいという気持ちがどんどん大きくなる」

抱擁がだめでもキスはいいだろうかと考えていると、ステラがもう片方の手で口元を隠した。

「キスもだめです」

「なぜ、キスしたいのがわかった」

「最近の師匠はわかりやすすぎます。それに激しいキスをしそうだから、だめです」

そう言う顔も可愛くて、さすがのウェルナーも我慢の限界だった。

だから僅かに身体を倒すと、繋いだ手を持ち上げステラの手の甲に唇を寄せる。

「ここなら、深いキスになりようがないから、かまわないだろう？」

機転を利かせたことを褒められると思ったのに、顔を上げたウェルナーの目に飛び込んできたのは、先ほど以上に顔を赤らめたステラだった。

「だめそうだな」

「だ、だめです！　師匠はもっと自分が魅力的だって自覚してください！　手にキスするだけでこんなに格好いいなんて、ずるい……！」

「ならステラは、自分が可愛いと自覚したほうがいい。真っ赤な顔は特に可愛いから、キスを我慢するのは難しい」

そう忠告したのに、ステラの顔は赤いままだ。

むずがゆそうに引き結ばれた唇を見ていると、妙な気分になってくる。

（デートというものは、素晴らしいが難しい。世の夫婦や恋人たちは、なぜ平然とデート

ができるのだろう）

気を抜くとキス以上のことさえしたくなるのに、どうやってそれを抑えているのかと悩ましい気持ちになる。

しかしそうした悩ましささえ今は幸せの一つだ。抑えきれない幸福を胸に、ウェルナーはもう一度ステラの手に口づけようと僅かにかがむ。

だがそこでまた、強い殺気を感じる。

さすがに気のせいではないと気づき、ウェルナーはすばやく振り返った。

「おい、商品と金をよこせ!!」

目に飛び込んできたのは、暗がりにある露店の前で、観光客にナイフを突きつけている強盗たちだった。

昔から、このあたりはこうした盗人が多い。観光客相手のスリはもちろん、時に刃物や魔法を使って強盗をしでかす輩《やから》もいるのだ。

「た、助けないと……！」

飛び出しかけたステラを、ウェルナーが慌てて止めた。

「お前が怪我をするだろう」

「でも私、ネフィア姉さんから護身術を習っているので」

「護身術より、もっと使えるものが側にいるのだから頼れ」

ステラを落ち着かせると、ウェルナーはすたすたと強盗の背後まで歩いていく。

魔法で捕縛することもできたが素性がバレる可能性を考え、あえて身一つで近づく。

「おいっ、なんだてめぇは！」

強盗たちは睨みつけながらナイフを向けてくるが、ウェルナーは表情一つ変えなかった。

ためらいもなく鋭い切っ先が胸にあたるまで距離を詰めれば、強盗はウェルナーの行動に戦《おのの》き、ナイフを慌てて引いた。刃物は持っているが、基本的には脅《おど》す目的以外に使う気はないのだろう。

「そのままナイフをしまうのが賢明だ。観光客を脅して得られる金などたかがしれている」

「お、お前何様だよ！」

「何様でもないし、お前たちに意見する立場でないのは重々承知している。だが、ちっぽけな犯罪で身を滅ぼした人間はずっと見てきたから、ついお節介を焼きたくなった」

ウェルナーとしては自分の意思をしっかりと伝えたつもりだが、強盗たちは「わけわかんねぇ」と苛立っている。

「わからないか？　すまない、説明が下手で」

「お前、からかってんのかよ！」

「いや、そのような意図はない」

からかうつもりなど欠片もなかったので強盗の反応に驚いていると、再びナイフの刃がぐっと近づいてくる。背後のステラが小さく悲鳴を上げたが、ウェルナーは避けるどころか切っ先を指先で軽く弾いた。

途端にナイフの刃が根元から折れ、ウェルナー以外の者は唖然とする。

魔法を使ったわけではないが、強盗の中には「魔法使いか!?」と戦《おのの》く者もいる。

彼らの目には恐怖が浮かび始めていたが、そこで戦意を喪失しなかったのが運の尽きだ。そのうえ強盗の一人はウェルナー相手では勝ち目がないと悟り、あろうことか後ろにいるステラに目を向ける。

彼女を人質に取れば勝てると思ったようだが、むしろそれはウェルナーに怒りを抱かせるだけだった。

「この子に触れることは許さん」

強盗とステラの間には距離があるが、ナイフを向けたという事実だけで頭にカッと血が上る。穏便にすませるはずが、ウェルナーは無意識に腕をなぎ払っていた。

次の瞬間、強盗の身体は強力な風の魔法によって吹き飛ばされる。

地面に倒れた身体に重力操作の魔法を重ねがけすれば、強盗の喉から苦悶の声が上がった。全身の骨を砕いてしまおうかと考えていたウェルナーの腕に、突然ステラが縋りつく。

「さすがにやりすぎです！」

焦りを帯びたステラの声に、はっと我に返る。

慌てて魔法を解くと、強盗たちは悲鳴を上げながら逃げ出した。追うこともできたが、腕を掴むステラが僅かに震えていることに気づき、今は彼女を優先させる。

「……平気か？」

「わ、私は大丈夫です。でもさっきのはやりすぎかと」

「あれくらいで？」

純粋な疑問だったが、唖然とするステラの顔を見て口に出すべきでなかったと自分の愚かさを反省する。あれでも手加減をしたほうだが、やりすぎだったのだろう。

（いや、そうか……。〝普通〟はもっと穏便にことをすますべきなのか）

そんなことさえわからない自分の愚かさを嘆きつつも、心の奥ではあの強盗への怒りがくすぶっている。

ステラに刃を向けたという、ただそれだけのことがこんなにも自分を苛立たせるとは思いもしなかった。

戸惑いと、間違った選択ばかりをしてしまう自分への焦燥から何も言えずにいると、周囲が騒がしくなってくる。

遠くからは憲兵が走ってくるのも見え、ウェルナーは慌ててステラを抱き寄せた。

「人が集まってきたから、ひとまず逃げるぞ」

すぐに頷いてくれたが、腕の中の身体が強ばっている。それを苦しく思いながら、ウェルナーは滞在先のヴィラへと魔法で一気に戻る。

見慣れた居間に戻った瞬間、突然ウェルナーの身体から力が抜けた。膝をつき、側のソファーに手をつくが、遅れてやってきた目眩のせいで目を開けることすらできなくなる。

「師匠!!」

ステラに大丈夫だと答えたかったが、立ち上がろうとしても膝に力が入らず、ソファーに座り直すのが精一杯だった。

(転移魔法を使っただけでこのザマか……)

情けなさを覚えつつ、ウェルナーはぐったりとソファーの背もたれに身体を預けた。

不安そうに名を呼ぶステラに「大丈夫だ」とようやく告げたものの、意識はゆっくりと失われ始める。

「デートもままならなくて……すまない……」

「いいんです。今はゆっくり休んでください」

「……すまない、だから……どうか、俺を……」

――――嫌わないでほしい。

そう言いたかったのに、言葉は声になる前に消えてしまう。

そんなウェルナーを、ステラが優しくソファーに横たえてくれるのを感じた。

彼女はなだめるように、頭を撫でてくれる。

愛弟子の優しさに、ウェルナーは甘えていたいと願った。

でもそうすべきではないという考えも、今は浮かんでいる。

（ステラは優しい……。でも俺は……欠点だらけだ……）

それを埋める方法も見つからず、そんな自分のまま彼女の側にいてもいいのかという迷いばかりがふくらむ。

手放したくない。

でも手放すべきなのかもしれない。

芽生えた感情の重さと不安定さに戸惑いながら、ウェルナーは意識を失った。

第七章

窓を叩く雨を見つめながら、ステラは部屋の明かりをつける。
遠くから聞こえる雷鳴に心細さを覚えながら、そっと眠るウェルナーの元へと戻った。
（まだ、起きそうもないわね）
ヴィラに帰ってきてからもうすぐ三時間ほどになるが、師の体調はまだ戻っていない。
眠ってすぐ身体も子供へと戻り、悪夢でも見ているのかうなされ続けていた。
ステラが頭を撫でるとしばし落ち着くが、それでもすぐ彼の表情は険しくなる。
（やっぱり、無理をさせるんじゃなかった）
昼間のウェルナーはすっかり元気に見えていたから、完全に油断していた。
ソファーに横たわる彼の側に座り、祈るように小さな手をぎゅっと握る。
触れていると表情は幾分穏やかになったが、呼吸は少し乱れていた。

「ス…テラ……」

弱々しく握り返される手に、ステラははっとする。

だが目覚めたわけではないらしく、瞳は閉じられたまま虚ろな声だけがこぼれる。

「……どうか……側、に……」

「大丈夫です。ちゃんと側にいます」

ウェルナーの頭を撫でながら、ステラは側にいると何度も繰り返し続けた。

けれど彼の状態はよくなるどころか、息は更に乱れ始める。

触れた頬は次第にぬくもりがなくなっていくように感じ、ステラは慌ててウェルナーに縋りついた。

そうしていると、思い出されるのは彼の葬儀のときだ。

身体の殆どを消失したせいで、用意された棺《ひつぎ》は空《から》だった。唯一残った身体の一部も研究に回すと言われ、遺品だけを入れた棺が葬儀場には用意されていた。

そこに師はいないとわかっていたけれど、黒い棺を見た瞬間ステラは泣き崩れた。

とても寒い雨の日で、触れた棺は酷く冷たかった。棺の縁を掴んでいると指が痛むほどだったが、ネフィアとアティックに引き剝がされるまでそこから動けなかった。

ぬくもりを失っていくウェルナーと、あのときの棺の冷たさが重なって、ステラは思わず息を呑む。

（……もしかしたら、あの日を繰り返すことになるかもしれない）

それだけは絶対に嫌だ。

そんな思いが身体を突き動かし、ステラは師の身体を抱きかかえると地下にある研究室へと向かった。そこでは魔法人形たちがきびきびと動き、転移装置の準備をしている。

（確か、これを使って身体を調べに行くって師匠は言っていた）

部屋の中心にあるのは、真っ白な荒野が描かれたカンバスだ。寒々とした絵からは、深い孤独を感じる。

庵にあるものと同様にカンバスが扉の役目を果たすらしく、周りには転移魔法であることを示す印が浮かんでいるが、まだ完成していないらしい。

「もう少し、作業を早めることはできない？」

人形たちに声をかけてみるが、彼らは困ったように右往左往すると身振り手振りで『魔力が足りない』と訴えてきた。

ウェルナーが倒れたせいで魔力の供給が途絶え、作業が遅れているのかもしれない。そう思ったステラは、自分の魔力でそれを補おうと手を伸ばす。

「待って、それはあなたには荷が重いわ」

そのとき、小さな手がステラの手に縋りついた。

驚いて横を見れば、そこにいたのはネフィアだ。彼女の顔を見た途端、ステラは安堵のあまり膝をつく。

「ネフィア姉さん、師匠が……！　私が無理をさせてしまって、そのせいで師匠が……！」

ステラが抱きかかえた師を見て、ネフィアは眉根を寄せる。

「落ち着いて、これはあなたやウェルナーのせいじゃない」

言い聞かせながら、ネフィアはウェルナーに手をかざす。

「あいつらの実験が、こんな形で影響するなんて……」

「あいつらって、いったい誰？　師匠が倒れたのは魔力不足のせいじゃないんですか？」

「……説明はあとよ、ウェルナーを治療施設に運ばないと」

ネフィアは魔法人形たちに混じって転移装置に魔力を注ぐ。だがそれでもなお足りないのか、装置が起動する兆しはない。

「やっぱり、私も手伝います」

「無理よ、あなたの魔力じゃ……」

「でも、ネフィア姉さんの薬のおかげで、前より魔力の総量は増えているんです」

少しは役に立つかもしれないと手をかざした瞬間、予想以上の魔力が装置に吸い込まれた。

目眩を覚えたが、転移装置は大きなうなりを上げ始める。

激しい光と共に転移魔法が発動したが、それはかつてないほど乱暴で激しいものだった。

普通なら一瞬で終わる転移は一分以上もかかり、激しい衝撃からウェルナーを守ろうと必死になる。身体が千切れてしまいそうな激しさの中、なんとか悲鳴をこらえていると、転移は突然終わりを迎える。

「……やっぱり、ここに来るのは骨が折れるわね……」

げんなりした声は、ネフィアのものだった。目的地に着いたらしいと気づき、ステラは閉じていた瞳をそっと開けてみた。

「こ、ここは……」

目の前に広がっていたのは、見たことのない様式の広い部屋だ。

機械らしきものが画一的に並ぶ室内の中央には、棺桶を思わせる白い箱が置かれている。大きなガラス張りの窓からは、どこまでも続く白い荒れ地と黒い空と、大きくて美しい巨大な青い星が見えた。

「あの星、『ナディ』みたい……」

その星と、かつて師が見せてくれた惑星ナディを模した天球儀はよく似ていて、思わず目を奪われてしまう。

そうしていると、ネフィアが驚くべき言葉を口にする。

「みたいじゃなくて、まさしくあの星は私たちの住む星よ。信じられないかもしれないけど、ここは私たちが月と呼んでいる場所なの」

「つ、月……？　でもそんなのあり得ない……！」

「あり得るのよ。そしてここは、ウェルナーにとっては特別な場所なの」

啞然とするステラをネフィアは手招き、白い棺の前へと促した。近づくと触れてもいないのに棺の蓋《ふた》が開き、その中から寝台が現れる。

「そこに、ウェルナーを寝かせて」

言われるまま師をそこに寝かせれば、周囲の機械が音を立てて動きだした。

「とりあえず、私たちにできることは待つことだけ。ここの機械でしか、ウェルナーの身体は治せないから」

ネフィアの言葉を信じるほかないが、師の様子に変化はなく、ステラは不安になる。それが顔に出ていたのか、姉弟子が苦笑を浮かべた。

「その様子を見ると、ウェルナーはここのことも自分のことも話していないみたいね」

「は、はい。何が何やら……」

姉弟子がステラをからかっているわけではなさそうだが、ここが月だと言われてもすぐには理解できない。

混乱しているステラをネフィアは隣にある小さな部屋に連れて行く。

談話室らしき部屋には、真っ白いソファーとボタンを押すだけで飲み物が出てくる魔法の機械が置かれていた。その機械を、ネフィアは慣れた手つきで操作する。

「不思議な場所でしょう？　私も最初来たときはすごく戸惑ったわ」

「姉さんは、前にもここに？」

「弟子になって十年くらい経った頃かしら。私も突然連れてこられたのよ」

懐かしそうな顔で、ネフィアはお茶をステラに差し出す。

「信じられないと思うけど、この場所は千年前に滅びた古代文明の遺産なの。地上のものは朽ちてしまったけれど、ここだけは今なお稼働している」

ウェルナーが古代文明は月に渡る船さえ作れたと話していたけれど、まさか人間が滞在できる施設まであるなんてステラは思ってもみなかった。

「ちなみにルドラにある遺跡には、かつて月への転移装置があったらしいの。ここへの転移も、その装置の技術を応用しているって前にウェルナーが話していたわ」

それが本当なら師はどこまですごいのかと、改めて驚愕する。

「月までの転移なんて、機械を使ったとしても普通は不可能なのに……」

「彼にはできてしまうのよ。むしろこの世界で彼にしかできないから、今問題になっている」

ネフィアは大きく項垂《うなだ》れると、長い髪が大きく揺れた。

（えっ……？）

ステラはネフィアの首元に大きな赤い傷があることに気がついた。傷からは血が滲んでいて、ステラは思わず悲鳴を上げた。

「そ、その傷はどうしたんですか！」

「ちょっとした、かすり傷よ」

「かすり傷って大きさじゃありません！」

「癒やしの魔法をかけたから大丈夫よ。ここ以外の傷はもう塞がってるし」

「もしかして他にも傷を？」

尋ねると、ネフィアは苦笑を浮かべた。

「色々調べてること、アティックに見つかっちゃってさ……」

魔法でやられたのだとネフィアはこぼすが、ステラはすぐには信じられなかった。

「いくらこっそり調べていたとはいえ、アティックがネフィアを傷つけるなんて……」

「昔とは、変わってしまったのよ。……あいつは今、馬鹿げた研究に取り憑かれてるの」

重苦しい表情を浮かべるネフィアに、ステラは大きな不安を覚える。

その先を聞くのが怖いとさえ思っていると、姉弟子は首の傷を押さえながらステラを見つめた。

「ウェルナーに悪い影響が出ているのもその研究のせいなの」

「もしかして、師匠を苦しめるような魔法や装置を作っているということですか？」

「あいつらが作っているのは、魔法じゃない。ウェルナーの身体の一部を使って、全く新しい〝偉大な魔法使い〟を作ろうとしているの」

「作るって、そんなのできるわけが……」

「残念ながら、今のアティックたちにならできてしまうの」

ステラの言葉を、ネフィアは真剣な表情で遮る。

彼女は悩ましげな顔で押し黙り、それから意を決した面持ちでステラを見た。

「あのね、ステラ。実はウェルナーは――」

「それ以上は、言うな……！」

ネフィアの言葉が、そこで突然遮られる。ステラが驚いて顔を上げると、大人の姿になったウェルナーがふらつく足取りで近づいてくる。

師はステラの腕を強く摑むと、覆い被さるようにもたれかかってくる。

「……頼む、その話は……聞くな……」

頼むと繰り返す声は酷く震えている。体調不良からくるものではないと気づいたステラは優しく師の頭を撫でた。

「……聞かないでくれ。……お前にだけは、嫌われたくない……」

振り絞るような声で、ウェルナーはステラに縋る。彼の相貌からは戸惑いと悲しみが見て取れて、ステラの胸まで苦しくなる。

（なんだか、とても大きな不安を抱えているみたい）

だとしたらそれを消してあげたいと思い、ステラは師を優しく抱き留めた。

「大丈夫です。私が、あなたを嫌いになるなんてあり得ません」

「だが……」

何か言いかけたウェルナーの唇を、ステラはそっと人差し指で押さえる。

「私はあなたが子供になっても、抱っこをねだられても受け入れたんですよ？　普通の人に比べて、ずいぶん心が広いと思いませんか？」

少しでも師の心を軽くしようと、ステラは冗談めかした声で言う。するとウェルナーは今更のように戸惑った顔をした。

「……普通は……受け入れられないものなのか……？」

「殆どの人は断ると思います」

「そうそう。あれを受け入れられるのは、ステラくらいのものよ」

ネフィアにまで同意され、ウェルナーはようやく自分がステラに望んだことがとんでもないことだったと気づいたらしい。

「……俺は、どこまでも愚かだ……」

「でも大丈夫ですよ、ダメダメなのは今に始まったことではありません」

「それは、フォローか……？」

「ええ。それに自分がだめだって思えるようになっただけすごいじゃないですか」

偉い偉いと頭を撫でると、ウェルナーの身体から少しずつ力が抜ける。

それでもまだ不安は消えていないとわかり、ステラは明るい声で先を続けた。

「私は、師匠のそういうだめなところも好きです。ダメダメなのに、私のことを一生懸命考えてくれるところも大好きです」

「ステラ……」

「どんな秘密だって、この好きを覆すことはきっとできません。だからどうか、本当のあなたを私に見せてください」

そう言って優しく口づけると、ウェルナーからも優しい口づけが返ってくる。

「……そうだな。お前なら……お前だから……、全て話すべきなのかもしれない」

決意したウェルナーの顔に、ステラはほっと胸をなで下ろした。ネフィアも安堵したようで、いつもの笑顔が戻っている。

「とりあえず転移装置は切っておいたし、ここは安全なはずだから二人でゆっくり話しなさい。私もさすがにちょっと休みたいし、魔法院で見たものについて少し考えたいことがあるの」

頭痛でもするのか、ネフィアは頭を押さえている。目も少し虚ろだったので心配になるが、姉弟子は「傷も寝れば治るから」と笑った。

　そして彼女は奥にあるという仮眠室に向かい、ステラとウェルナーは話をするために最初にいた部屋へと戻った。

（改めて見ると、この部屋ってなんだかとても寒々しい）

　窓の外に白い荒野が広がっているせいか、立っているだけで孤独が近づいてくるような気がする。

「月は寂しい場所だと、そう言っただろう……？」

　寝台に横たわりながら、ウェルナーもまた窓の外の景色を見つめる。

「そうですね。確かに、ここにはウサギはいなそうです」

「生き物が住むには過酷な環境なのだ。星までの距離も遠く、だからこそ俺はずっとここにいた……」

　ウェルナーはステラに視線を戻し、そっと彼女に手を伸ばす。

「ステラ、俺はお前にずっと言えなかったことがある……」

　そこで言葉が途切れ、伸ばした指先が戸惑う。だが「大丈夫だ」と伝えるために優しく手を握ると、彼はついに覚悟を決めたらしい。

「俺は本来、生きることさえ許されない存在なのだ。しかし死ぬこともできず、疎まれ、この部屋にずっと一人でいた」

　ウェルナーは祈るようにステラを見つめる。

「俺は……本当の俺は、人の名前を持たず数字で呼ばれた兵器だった。人々が悪魔と呼ぶ世界を滅ぼした生物兵器《ホムンクルス》、それが俺の正体だ」

◇◇◇　◇◇◇

ウェルナーは、もはや自分が生まれたときのことを覚えていない。

人より優れた記憶力を以《もっ》てしても覚えていられないほど昔——今から千年以上も前に生まれたからだ。

生まれた当時のウェルナーには己というものがなかった。また自己を記憶する機能も欠落していた。

記憶に残っているのは『敵を殲滅せよ』という命令だけ。

その命令に従い、備わった魔力を駆使し破壊の限りを尽くした時代が、ウェルナーの始まりだった。

だが彼は、元々は兵器として作られたわけではない。生物兵器と今は言われているが、本来ホムンクルスは人を支える良き隣人として作られたものである。現代における魔法人形のように、人に尽くすために生み出されたのだ。

人のことをより理解できるよう、偽りの心を与えられ、学習次第で感情を持つことさえ可能だった。

しかし戦争が、ホムンクルスの用途を変えてしまった。命令に忠実で魔力が豊富なホムンクルスは、戦争の駒として最適と判断されたのである。

本来の機能を極限まで制限され、かわりに破壊魔法と自己再生能力を持つ兵器としてその技術は転用されたのだ。

ただ、ホムンクルスはまだ研究段階だったので、稼働に成功した数は十にも満たなかった。その中でもウェルナーは戦闘に特化した貴重な成功例だったと言える。

だが問題は、そのほかの個体だ。

殆どの個体は異常をきたし、人間の命令を無視。結果、破壊の力は敵味方問わず降り注ぎ、多くの国と人が失われた。

ホムンクルスの暴走により文明の大半が滅んだことでようやく戦争は終わったが、人々はその要因となったホムンクルスを憎悪した。

残ったホムンクルスは全て廃棄処分となり、中には大衆の手によって徹底的に破壊されたものもある。

ウェルナーもそのうちの一体で、憎しみのはけ口として、幾度となく身体を破壊された。当時は痛みも苦しみも認識できず、されるがままだった。人間からの命令は絶対で、自分を殺せと言われればためらいもなくそうすることが使命だと思っていたのだ。

しかし結局、どんなに酷い目に遭《あ》ってもウェルナーは完全には壊れなかった。

何度壊されても、その身に備わった自然治癒能力が肉体を再生してしまったのである。

結果、ウェルナーは二度と兵器とされぬよう、月にある研究施設で眠りにつくことになったのだ。惑星から遠く離れた場所に隔離しておくのが最適だと人々は考えたのだろう。


——それから五百年、ウェルナーはここで眠り続けた。

夢も見ず、無と静寂の中にずっと囚われてきたが、それを苦とも思わなかった。

長い眠りは、ウェルナーにとって安らぎだったようにも思う。

だが眠りについてから五百年と三十二日後——、突然安らぎは終わりを迎えた。

人間たちが再びこの月に足を踏み入れたのである。

やってきたのは、古代文明の探索を行う研究者たちだった。彼らは五百年の間に衰退した文明を復興させようと、古代の遺跡を巡っていたのだ。遺跡の殆どは土に埋もれ、ホムンクルスや月の施設などの技術も存在自体が忘れられていた。

けれど残された僅かな記録を頼りに、古代の遺産を発掘し再利用しようという動きが、この当時は起きていたのである。

ウェルナーを起こしたのも、そうした活動を行う研究者だった。

偶然月への転移魔法を発動させた研究者たちは、好奇心からウェルナーを目覚めさせた。

彼らはホムンクルスの危険性を知っていたが、ウェルナーが持つ魔法の力や古代の知識を求めずにはいられなかったようだ。魔法の技術も失われてしまっていたからこそ、命を危険に晒しても知識を得たかったのだろう。

人に従うよう命令されていたウェルナーは、求められるまま己の力と知識を提供した。

その従順さに、研究者たちは次第に警戒を解いた。

当時は気づいていなかったが、友好的な人間たちにウェルナーは好意を寄せていたように思う。

彼らはウェルナーを傷つけなかったし、ウェルナーが誰かを傷つけることも望まなかった。ホムンクルスが隣人となるために作られた存在だと知ると、ウェルナーにもそうなるようにと言ってくれた。

研究者たちはウェルナーを星に連れ帰り、人間らしさを与え、兵器としての側面を捨てさせようとしたのである。

彼らはとても熱心で、ウェルナーもそれに応えたかった。

だが、結果は芳《かんば》しくなかった。

兵器としての機能を優先させるため、ウェルナーの心は他のホムンクルスよりずっと幼く無知だったのだ。それが露見したのは、ある日研究者の一人が言った『破壊の魔法を見たい』という一言だった。

倫理観が欠落していたウェルナーは研究者の言葉に従い、なんのためらいもなく街一つを軽く吹き飛ばす魔法を発動させた。

結果、ウェルナーを温かく支えてくれていた研究者たちの半数が――消失した。

あのときのことを、今のウェルナーは後悔している。けれど当時は罪悪感さえなく、自分がしでかした事の大きささえ理解できていなかった。

この一件を機にウェルナーは再び危険視され、月の研究施設へと戻された。

また時を同じくして、ホムンクルスの多くが異常をきたし暴走したのは『偽物の心を持っていたせいである』という研究データが見つかった。

かつてホムンクルスたちも、人と同じように殺すことにためらいを感じていた。偽物の心に芽生えた苦痛がホムンクルスの意識に作用し、人の命令を聞かなくなってしまったのである。同じことがウェルナーにも起こるのではと、研究者たちは怯えた。

しかしホムンクルスの持つ知識と技術は人類に必要不可欠なもの。故にウェルナーは月に戻され、隔離されることになった。

ホムンクルスの力が悪用されぬよう存在は秘匿とされ、研究者たちも滅多に足を運ばなくなった。

彼らはウェルナーの持つ情報だけを求め、極力接触を控えたのだ。

ウェルナーに許されたのは、彼らの求める情報を文章や視覚情報にまとめ、魔法でナディに送ることだけ。

隔離は、ウェルナーが目覚めてから二百年という長きに亘《わた》って続いた。

長い年月がウェルナーの心をようやく育て始めていたが、育《はぐく》むべき愛も友情もそこにはなかった。

◇◇◇　◇◇◇

「じゃあ二百年も、師匠はずっとここに？」

「ああ。殆ど誰とも会わず、ここからずっとあの青い星を眺めていた」

焦がれるように、ウェルナーは青い星を見つめ続ける。

師の口から語られた長い話は、ステラにとってあまりに信じがたいことだった。けれど空の彼方を見つめる師の顔に嘘はない。伏せられた瞳には寂しげな色が浮かび、何かをこらえるように唇は引き結ばれている。

（全部……、全部本当なんだ……）

戸惑いが理解に変わると、胸の奥が苦しくなる。

「月で過ごすようになって以来、俺は人のように心を持つことを禁じられてきた。特に恐怖や欲望は暴走に繋がるから、決して持ってはいけないと言われ続けてきた」

ウェルナーが、悔《く》やむような声で告げる。

「だから何も感じないように、人のように考えないようにと二百年間ずっと、ここで自分に言い聞かせてきた」

それはなんて長く、悲しい日々だろうかと、ステラは思わずにいられなかった。

ウェルナーの欠けているところをステラは愛おしく思っていたが、それはきっと長い孤独のせいだったのだろう。

「その後はほぼ歴史書にある通りだ。ナディを流星群が襲い、それを魔法で退けたことで俺は人前に出るようになった」

「もしかして、ナディに戻されたのはその功績を認められたから？」

「いや、むしろ当時は大問題になった。ナディを守りたいと思い、行動したのは俺の意思だったからな」

ホムンクルスは命令に忠実であるべきというのが、当時の見解だった。自らの意思で行動したウェルナーを危険視する研究者も多く、すぐ月に戻すべきだという声も大きかった。

だが当時は飛来する流星の数が多く、対抗する手段はウェルナーの魔法のみ。流星の脅威に怯える人々は、彼らを救う魔法使いを『救世主』として崇め奉るようになり、研究者たちはウェルナーを月に閉じ込めておくことができなくなったのだ。それ故にナディに住むことを許されたのだと、ウェルナーは語った。

「議論の末、研究者たちは俺の正体を隠し『偉大な魔法使い』に仕立て上げると決めた。俺を使って利益や権力を求める者や、純粋に俺の力を世界の発展に役立てたい者……彼らの思惑はバラバラだったが、俺が自我を持たぬよう監視しながら利用するという考えだけは一致していた。そのために、彼らは『魔法院』という監視機関を作った」

「なら、魔法院は師匠が作ったんじゃないんですか？」

「俺が創り上げたものなど一つもない。逆に魔法院が俺を――ホムンクルスであった俺を『偉大な魔法使い』に作り替えたんだ」

以来、彼は魔法院に命じられるがまま救世主として振る舞い続けた。求められるがまま魔法を使い、この星に残る古代の歴史を解き明かし、そこから得た知識を活用し人々の文明を発展させてきたのだと彼は打ち明ける。

「だから正体がばれぬように、魔法院から出ることも禁止されていた」

「じゃあ、研究室に引きこもっていたのは禁止されていたから？」

「半分は俺の意思でもあった。少なくともステラと出会うまでは、外に出たいと思うこともなかったからな」

ウェルナーはそう言いながら、そっとステラの頬を撫でた。

「俺には願いなんてなかった。持つことさえ許されなかったのだ。でもステラに出会い、俺は人に近づいてしまった」

「それを、いけないことだと師匠は言われてきたんですね……」

「そうだ。……お前を引き取り側に置くと決めたとき、俺は破棄されるべき存在となった」

ウェルナーは言葉を切り、項垂れる。

「……ホムンクルスは人の心を持ってはいけない、望みや執着は破壊を導くからな」

「ま、待ってください、じゃあ師匠は私を拾ったせいで……」

「本来は殺されるはずだったのだ。そして俺も、それを受け入れていた」

ウェルナーの言葉に、ステラは大きな絶望に襲われる。

自分のせいでそんなことになっていたなんて、知りもしなかったのだ。

「頼むからそんな顔をするな。お前と引き換えに死を受け入れたことは後悔しているし、今はもう魔法院の命令を聞くつもりはない」

「本当に……？　今は生きたいと思っていますか？」

「お前を残して死ねるわけがない。それに実際、俺を殺すのはまだ不可能だ」

ウェルナーはホムンクルスの中でもひときわ再生能力が高い。それ故、普通の魔法では死ねないのだと彼は言う。

「長いこと弟子たちと共に己を殺す魔法を研究してきたが、完成する目処もついていない」

「なら、師匠が死ぬことはないんですね」

「死にたくても死ねないのだ。だからこそ、俺は自らの死を偽装した」

その言葉で、ステラは彼が危険な魔法を自分に使った理由をようやく知る。

「生きたいと思ったから、俺は死んだのだ。あのときはただ、お前の家族になりたい、子供として暮らしたいという感情が暴走したが、根底にはステラと引き離されたくないという気持ちがあったのだと思う」

ホムンクルスは望みを抱いてはいけないのに、ウェルナーはステラと過ごすにつれ望みを増やしてしまった。

けれど、それを魔法院は許さない。

殺せないとわかれば、ステラと引き離されるのは確実だった。

「お前といると、偽物の心が人に近づこうとするのを止められない。決して許されないことなのに、人になりたいとさえ思ってしまう……」

許されないと告げるウェルナーの姿を見ているとたまらなく切ない気持ちになって、ステラは彼を包み込むように抱きしめた。

「許されないなんて、そんなことありません。心があることだって、絶対に悪いことじゃない」

「でも心があるせいで暴走し、他のホムンクルスのように破壊の限りを尽くすかもしれない」

「暴走が起きたのは、心を持っていたからではないと私は思います。その心を蔑ろにされたことが、彼らを壊したのではないでしょうか」

人間だって、争いや殺戮を繰り返せば心がすさむ。

人よりも未熟で欠けているホムンクルスなら、異常をきたしてしまうのも仕方がない。

「だからその心は大事に育てていくべきです。壊れないように、大切に」

「だが、育てると言ってもどうすれば……」

「わからないけど、私も一緒に方法を探します」

「人ではないとわかっていても、俺と一緒にいてくれるのか……？」

「当たり前じゃないですか」

ステラは笑顔で答えたが、ウェルナーの表情はまだ浮かない。

「でも俺は、お前に何も返せない。人に近づくのは難しく、理想的な子供にも、伴侶にもなれなかった。……ホムンクルスの俺には生殖機能もないから、お前に家族を作ってやることもできない」

その言葉で、ここ数日ウェルナーが焦っていた理由に気づいた。

（やっぱり、アティックとの会話を聞いていたのね）

ステラが子供を産みたいという話をもし聞いていたのなら、子をなせない彼が焦るのもわかる。秘密を打ち明けてくれたのも、ステラを思ってのことだろう。

「お前の伴侶にふさわしくないなら、手放してやるのがお前の幸せに繋がるとわかってい
る。でもどうしても、それができないのだ……」

すまないと、ウェルナーは苦しげな声で謝罪を重ねていく。

彼は優しく、ステラのことをこんなにも思ってくれているのに、それを罪だと思ってい
る。

それが見ていられなくて、ステラは大きな身体をぎゅっと抱きしめた。

「謝る必要はありません。それに、手放したくないと言ってくれてすごく嬉しいです」

師が人ではないことには、まだ少し戸惑いがある。

でもそれ以上に、彼を愛おしく思う気持ちは増していた。

「喜ぶところではないだろう。俺といても、お前は幸せになれないのに」

「私はちゃんと幸せです。今までだって、私は師匠と一緒にいられてすごく幸せだったん
です」

特に自分が死と引き換えに私を側に置いてくれたと知った今は、その気持ちはもっと強
くなっている。

だからありがとうと微笑めば、ウェルナーの顔が少しずつ穏やかになる。

「そんなことを言われたら、もう二度と手放せなくなる」

「手放さなくていいんです。だって私の願いは最初から、師匠と——あなたと一緒にいることだから」

人でなくても、偽物の命でも、ウェルナーがウェルナーであるならそれでいい。

そんな気持ちでそっと唇を奪うと、彼もおずおずと口づけを返してくれる。

「……なんだか、とても不思議な気分だ」

「不思議？」

「この部屋にいるとき、俺はいつも孤独だった。……でも今は、お前がいる」

ウェルナーは、一人ではないと確認するようにステラの頬に触れた。

「一人でないことが、こんなにも心穏やかになるとは思わなかった」

そんな言葉と共に抱きしめられていると、ようやく本当の彼に触れられた気がした。

彼はたぶん、ひとりぼっちの子供だ。自分を愛してくれる誰かを求めながらも、手を伸ばすことさえ叶わなかった。

でも、何かを願うのが罪だなんて間違いだ。心を持つことだって、絶対に悪いことではないとステラは思う。

「何があっても、私はずっと側にいます。だから無理はしないで、師匠は師匠らしく生きてください」

ステラがもう一度ウェルナーの唇を奪うと、こらえきれないとばかりに荒々しく唇を奪い返された。長いキスからは、ステラを愛おしく思う彼の気持ちが伝わってくる。

「……ステラ、……ッ、……」

キスの合間に呼ぶ声も、その眼差しも、彼の全てがステラを愛していると訴えてきた。

だからステラも、勇気を出して彼を見上げる。

「私も、あなたを愛しています」

ずっと言えなかった言葉を口にすれば、ウェルナーが目を見開く。

「そうか、愛――か。俺のこの気持ちに、ようやく名前がつけられた」

ステラを見つめ返す眼差しが甘く蕩け、より人間らしい感情が浮かぶ。

ウェルナーはもう一度キスをしてから、ステラの身体を寝台の上に押し倒した。

「なあステラ、上書きをしてもいいか……？」

「上書き？」

「ここでお前を抱きたい。一人ではないと、実感したい」

ウェルナーの望みであるなら叶えたい。けれど、先ほど倒れたばかりだと思うと心配もある。

「身体は大丈夫なんですか？」

「問題が何もないわけではない。だがすでに解析は始めているし、失われた魔力の補給もすんでいる」

ステラにはよく仕組みがわからないが、この白い寝台にはウェルナーの身体を整える機能があるのだと彼は言う。

「俺の身体は難解だから、結果が出るまでには少し時間がかかる。その間はこの部屋から出られないし、ちょうどいいだろう」

「でも、ネフィア姉さんがいますし……」

「今は休んでいる。それにここの壁は、どんな音も外には漏らさない」

絶対に気づかれないと念を押す顔は、諦める気配が欠片もない。

ステラも彼が望んでくれるなら、触れて、愛して、安心させたいという思いがある。

「わかりました。でも、無理はだめですよ」

「ちなみに、無理というのはどの程度のことを指す？　お前を押し倒し、激しく突き入れることは無理をしていることになるのか？」

大真面目に問われて、ステラは真っ赤になって固まる。

「は、激しすぎるのは……、まだだめだと思います」

「なら激しくはしないから、お前の肌に触れたい」

「肌に……？」

「ここにいると、なんだか寒い気持ちになる。だから温めてほしい」

だめか？　と首を傾けるウェルナーに、ステラは大きく首を横に振る。

「私の肌でよければ、喜んで」

「お前の肌だから触れたいのだ」

ウェルナーはステラの着衣をゆっくりと剝ぎ取っていく。ステラもまた、師の服の留め金にそっと手をかけた。

合間にキスを挟みながら、服を脱いだ二人は寝台の上に横になる。

互いのぬくもりを伝えあうように身体を絡ませ、抱き合いながらキスを深める。

ウェルナーの大きな身体にすっぽりと包まれながら、ステラは師の手つきにまだ少しためらいがあることに気がついた。

背中を撫でる指先も、唇に重なるぬくもりも、いつもよりどこか心許ない。

「大丈夫ですよ」

ためらいが消えるようにと祈りながら、ステラは優しく囁く。

「あなたに触れられて、私はちゃんと幸せです」

「俺も幸せだ。だからこそ、少し怖い……」

ウェルナーは掌でステラの首筋を撫でる。

「この手は人を殺すために作られたものだ。だからお前のことも傷つけるのではと、最近は不安ばかり覚える」

「たとえ殺すためのものだったとしても、私は師匠の手にいつも救われていました」

一人だったステラを抱き上げてくれたときも、魔法院で孤独に震えていたときも、救ってくれたのはウェルナーの大きな手だった。

人でなくても、血にまみれていても、それは変わらない。

彼の手に自分の手を重ね、ステラは愛おしさを込めながら柔らかな甲を撫でる。

「この手は私を生かしてくれた、大事な大事な手です」

ウェルナーが目を見開き、幸せそうに微笑む。彼の指先からためらいが消えて、重なる口づけが少しずつ深まった。気持ちが伝わったのだとわかり、ステラも微笑む。

二人はより強く互いに腕を回し、脚を絡め、口づけと体温を重ねた。

激しいふれ合いではないのに、いつになく求める気持ちが強い。それはウェルナーも同じだったようで、ステラを見つめる眼差しには欲望が燻《くすぶ》っている。

けれどまだ彼に無理はさせられないと考え、ステラはそっと身体を離した。途端に師の顔に落胆の色が見え、慌てて彼の唇に口づけた。

「師匠はそのまま動かないでください」

「動くなとは、酷なことを言う」

「でもあなたに無理はさせたくないし、今日は私がしたいんです」

そう言って師の上にまたがれば、ステラがしようとしていることを彼は察したらしい。

「だが、せめて少しほぐさねば……」

ている。

「もう濡れているから大丈夫ですよ」

毎日のようにウェルナーを受け入れるうちに、もうすっかりステラの中は彼の形を覚えている。

立ち上がった屹立の先端に腰を落とせば、入り口は容易く彼のものを飲み込み始めた。

「ん……、あ、……ぅッ……」

痛みや違和感はなく、深い愉悦のせいで太ももが震え、身体が傾いてしまう。

「辛いのか？」

「いえ……その逆で……」

恥じらいながら訴えると、ウェルナーの右手がステラの手を摑む。もう片方の手は腰を支えるように回された。それを支えに腰を更に落とせば、いつもより深い場所まで彼のものが入り込んでくる。

（……なんだかいつもより、大きく、感じる……）

彼のものは元々逞しいが、今日はいつも以上に隙間なく中を埋められている気がする。

少し腰を揺らすだけで感じる場所がこすれ、ステラは悩ましげに身体をくねらせた。

ウェルナーを心地よくさせたいと思うのに、自分ばかりが感じているような気がする。

「ンッ、……ご、めんなさい……」

「なぜ謝る」

「もっと、よく……したいのに……」

「十分心地いいし、未だかつてないほど俺は幸せだ」

繋いだ手にぎゅっと力を込めながら、ウェルナーが微笑む。

「ステラが自分からしてくれるなんて、とても嬉しい」

「でも、……上手く、できなくて……」

「いや上出来だ。あとは俺が、お前を啼かせたい」

艶やかな声で言うと、ウェルナーが僅かに腰を引く。ずるりと彼のものが抜き出る感覚に身構えた直後、激しい突き上げがステラを襲った。

「あ、だめ……ッ、つい、ちゃ……」

「ステラは、こうやって奥を突かれるのが好きか？」

「ン、あっ、ッ……」

答えるかわりに、ステラは嬌声を上げる。

上体を起こしたウェルナーがステラの身体を抱き寄せ、腕の中に捕らえた。

体勢が変わっても繋がりの深さは変わらず、むしろ子宮の入り口をこじ開けるように剛直が中を抉ってくる。そのたびにあふれる愉悦に震えていると、ウェルナーがゆっくりと腰を揺らし始める。激しい突き上げではなかったが、ステラの理性を溶かすには十分すぎる刺激だった。

あふれ出る蜜の力を借り、ウェルナーの楔は緩やかに上下している。

突かれる瞬間も甘美だが、亀頭の先端が出口へと戻る瞬間の切ない愉悦もまた、格別だった。完全には出て行かないものの、ウェルナーはステラの腰を軽く持ち上げ抽挿の幅を少しずつ広げていく。

ステラも懸命に腰を上下させ、逞しい性器を隘路で甘くしごいた。

いやらしい水音と肌が打ち合う音、そして二人の荒い息が淫らな重奏となっていく。

「ステラッ、……ステラ……」

甘い声で名を呼ばれ、ステラは縋るように彼の首に腕を回した。

「ウェルナー……」

以前名前を呼んでほしいと乞われたことを思い出し、ステラも今だけは呼び名を改めた。

途端に彼のものが更に大きくなっていく。

「ああ、だめ……ああッ……」

突き上げは激しさを増し、嬌声は深い口づけにかき消される。

気がつけば絶頂がすぐ目の前に迫り、ステラは思わずウェルナーの背中に爪を立てた。

「俺を、受け入れてくれ……ッ」

耳元で囁きがこぼれた直後、ステラの中で熱が爆ぜる。それをこぼさないように、彼の全てを受け止められるようにと肉洞を弛緩させながら、絶頂の渦へと落ちていく。

力の抜けていく身体をウェルナーに預けたまま、吐き出される激しい熱にステラはうっとりと目を細めた。

師と自分の身体が、溶けて一つになっていくような感覚を覚える。

あまりに甘美で、ステラは自然と彼の胸に頬を寄せていた。

二人は隙間なく肌を合わせ、荒れた息を整えていく。

「まだ、中にいてもいいか？」

問いかけに、悩む間もなく頷いた。それはステラの望みでもあったからだ。

口づけが再開され、貪るように舌を絡めあう。きつく抱きしめあいながら、二人は互いの熱と愛情を、何度も何度も確かめあった。

◇◇◇　◇◇◇

眠るステラを見つめながら、ウェルナーはそっと柔らかな頬に口づけを落とす。

激しくしないようにという言いつけを守りながらも、三度もステラの中に熱を放ったせいで、彼女は疲れ果てて眠ってしまったのだ。

そんな彼女を拭き清め、隘路からこぼれる愛の残滓を魔法で掻き出す。

「……ンっ……」

その途端に甘く震えるステラを見ていると再び抱きたくなったが、これ以上の無理はよくないと必死に理性をかき集めた。

ホムンクルスであるウェルナーには子をなす機能はない。彼の白濁は魔力の固まりであり、性行為も魔力の譲渡のために行うものでしかなかった。

けれどステラと抱き合うと、魔力とは別の何かが身体を満たしてくれる。

「……これが、愛というものか」

愛というものの存在は知っていたが、まさかホムンクルスである自分の中にも生まれるとは思わず、不思議な気持ちになる。愛を与えてくれたステラに感謝しつつ、ウェルナーはもう一度彼女の唇に口づけた。

それからステラが風邪を引かないように魔法で服を着せ、自分もまたすばやく服を纏う。

そのとき、部屋の隅にある端末に赤い光が灯ったのが見えた。どうやら、解析の結果が出たらしい。

端末に近づいて手をかざせば、自分の今の状態を示す数値やグラフが目の前に浮かび上がった。目にした途端、ウェルナーは思わず息を呑む。

「これは……」

数値に目をこらし、愕然とした。正常値と比べ、全ての数値が著しく低下していたのだ。

それだけならまだしも、問題は最後に記された一文だ。

『禁止事項二十三条に該当する違反行為の可能性あり』

その文章に指で触れると、全ての文字が危険を知らせるように赤く輝く。

『被検体の複製が行われた可能性があります。速《すみ》やかに複製の破棄を実行してください』

複製という言葉に、ウェルナーは自分の身体を見つめる。

（一度身体を破壊したせいで、複製品だと間違われているのか？）

しかし、だとしたら解析をした時点で何かしらのエラーが出ているはずだがそれはない。

だが詳細はわからず、『速やかに複製品の破棄を実行してください』という文字が繰り返し赤く点滅するばかりだった。

あまりに五月蝿《うるさ》いので一度電源を切り、ウェルナーは悩ましげに息をつく。

「……師匠？」

気がつけば、ステラがこちらを見ていた。

起こしてしまったのかと慌てつつ、ウェルナーは寝台に戻る。

「結果、あまりよくなかったんですか？」

ウェルナーの浮かない顔を見て察したのか、ステラが不安そうに尋ねてくる。

「数値は不安定だが問題ない。ただ少し、気になる点があってな」

「気になる点？」

質問に答えようとしたが、彼女を安心させる答えを持っていないと気づき、慌てて口をつぐむ。

「正直、俺もまだよくわからない部分が多い。とりあえず、ネフィアに相談してみよう」

「姉さんなら、何かわかりますか？」

「ネフィアは俺の状態を管理し調整する役目を担ってくれている。むしろ俺以上に、俺に詳しい」

「じゃあ姉さんは師匠の正体も知っていたんですね」

問いかけに、ウェルナーは頷く。

「知っていて萎縮しない数少ない一人だ。彼女だけはステラと過ごすことを喜んでくれたし、俺が心や望みを持つことにも肯定的だった」

「ならよかったです。理解者が一人もいないのは、辛すぎると思っていたので」

ステラは安堵の表情を浮かべると「姉さんを呼んできます」と部屋を出て行く。それを見送った後、ウェルナーは再び端末へと戻った。

(とにかく、もう一度解析をしてみよう)

今度はもっと詳細に自分の状態を知らねばと、ウェルナーは端末に手を伸ばす。

だが指先が触れるより早く、機械がうなりを上げ始めた。

(いったい、何だ……？)

ウェルナーが操作しているわけではないのに、周囲の機械に魔力が集まっていく。

直後、目の前の端末に現れたのは『休眠』という文字だ。

慌てて機械を止めようとしたが、ステラの悲鳴がそれを阻む。

「おい、どうした……!!」

慌てて振り返ったウェルナーは、そこで息を呑む。

いつの間に入り込んだのか、部屋の入り口には子供が一人立っていた。

嫌な予感を覚え、ウェルナーは慌てて魔力を指先に集めるが、それを阻むように何かが足に絡みついた。

下を見れば、寝台から伸びる管がまるで蛇のようにうねっている。

その管は、ホムンクルスの修復や休眠を行う際、特殊な魔力と溶液を注入するためのものだ。

「……ッ!」

本来ならば勝手に動くはずがないのに、管の先端についた針がウェルナーの太ももに深々と刺さる。そしてそれは、一つではなかった。

「ぐッ、……あっ……!」

身体を支えようとした腕にも、背中や首にも針が刺さり、ウェルナーは激痛に頽れた。

「師匠!!」

部屋に戻ってきたステラが悲鳴を上げながら駆け寄ってくるが、彼女の腕では管を引き剝がすことはできない。むしろステラにまで怪我をさせそうな勢いでのたうつ管に近寄らせまいと、ウェルナーは彼女の身体を突き飛ばした。

「逃げろ……！」

視界が揺らぎ、続いて抗いがたい睡魔が訪れる。

見れば、管の針から青い薬液が体内へと入っていく。それがホムンクルスに休眠を促す物だと気づき、ウェルナーは愕然とする。

倒れまいと必死に歯を食いしばれば、更に多くの針がウェルナーを貫いた。そのうちの一つが首筋を貫いたとき、子供がステラの横に立つのが見えた。

「あなたはもう、必要ない」

ウェルナーに向けられた冷え冷えとした声は、ステラと出会う前の自分を彷彿とさせた。

「お姉ちゃんは傷つけない。……僕が、大事にする」

少年はそう告げる。

彼は危険だと感じるが、それを愛弟子に伝える間もなく、ウェルナーは絶望の眠りへと落ちていった。

第八章

誰かが、ステラの名を呼んでいる。

それに応えたいのに激しい痛みと倦怠感《けんたいかん》に苛《さいな》まれ、身動きさえ取れなかった。何が起こったのかわからず、ステラは助けを求めるように腕を伸ばす。

「動くの、だめ……」

そのとき、少年の声を聞いた。

声に続き、誰かがステラの頭を撫でてくる。

つたない撫で方はウェルナーに似ていて、僅かな心地よさを感じる。しかしそれに浸っている暇はないと気づき、慌てて目を開けた。

目は覚めたが頭はぼんやりして、意識もなかなかはっきりしない。目をこらせば、自分がいる場所のことが少しずつわかってくる。

（私、なんでここに……）

ステラが寝かされていたのは、かつて自分が使っていた部屋だった。

師の庵に旅立つとき荷物はあらかた処分したが、ベッドや机などの家具は出て行ったときと同じままだ。

唯一違うのは、扉や窓に浮かぶ不気味な印である。

印はいくつも重なっており、その一つは外部からの魔力や音などを遮断するものに見えた。しかしそのほかのものは見覚えがなく、ステラは思わず首をかしげる。

「……あれは、行動を制限する魔法。触ったら、すごく痛い」

はっとして声のほうを向き、ステラは息を呑む。

「僕の顔、変?」

自分を見つめている少年は、生気のない目と痩《こ》けた頬を別にすれば、師とそっくりだったのだ。

ただその装いは酷くみすぼらしく、与えられた服はボロボロで、サイズも合っていない。その上から魔法院の制服であるローブを羽織っているが、こちらも少年には大きすぎるため裾や袖がかなりあまってしまっていた。

思わず見入っていると、少年がステラの手をそっと掴む。

師に似て感情がよく見えないが、なんとなく不安を抱いているような気配がある。

「ごめんなさい、知り合いにとてもよく似ていたから……」

慌てて言葉を返すうちに、意識を失う前に見た光景をステラは少しずつ思い出す。

（この子、確かあの部屋にいた……。突然現れて、その後師匠が……）

苦しんでいた師の顔が浮かび、焦るあまり転がり落ちるようにしてベッドを降りた。

「そうだ……師匠……。師匠はどこ……？」

一刻も早くウェルナーを見つけなければと焦る気持ちで、少年に警告されたことも忘れて扉に近づいた。

その途端、不気味な印が瞬き、扉へと伸ばした腕に激しい痛みが走る。

「触るの、だめ！」

少年が倒れかけたステラにぎゅっと抱きつく。泣きそうな顔で縋る少年の仕草に、ステラは覚えがあることに気がついた。

「……もしかして、あなたルア？」

仮面がなかったのですぐにはわからなかったけれど、アティックがつれていたあの少年と背格好もとてもよく似ている。

しかしステラの問いかけに、彼は戸惑うように視線を泳がせるだけだった。口をぐっと閉じて視線を落とす仕草は、何かを誤魔化そうとしているようにしか見えない。

「ルアでしょう？　なぜ隠すの？　それにあなた、あの白い部屋にいたわよね？　あそこは特別な場所なのに、どうやって来たの？」

焦るあまり矢継ぎ早に質問を重ねると、言えないというようにルアは首を横に振る。

あまりの必死さに詮索をやめるべきか悩むが、ウェルナーのことを思えばこのまま黙っているわけにはいかなかった。

「お願い、私の大事な人がとても辛い目に遭っている気がするの。だからなぜあなたがここにいるか、なぜ私がここに連れてこられたかを教えて」

お願いと繰り返すと、ルアの表情が僅かに硬くなる。

「……大事な人、違う」

「え？」

「あれは、大事じゃない。ステラに酷いことするってアティック様が言った」

「アティック？　彼に何か言われたの？」

「ステラのこと、助けられるから手伝えって……。月への転移装置、僕しか起動できないからって……」

言葉はたどたどしく、上手く意味がつかめない。どういうことかともう一度尋ねても、ルアはしゃべりすぎたと思ったのかまた口をつぐんでしまった。

（とりあえず、アティックが絡んでいるのは間違いないみたいだけど……）

これ以上の答えを得るのは無理そうだと気づき、仕方なくステラも押し黙る。

（……でも、いったいなぜアティックが？　もしかして、師匠が生きていることがバレていたのかしら）

彼も魔法院につれてこられているのだろうかと悩んでいると、不意に扉の印が薄れた。出るなら今だと立ち上がるが、ステラはすぐに動けなくなる。開いた扉から現れたのは、アティックだったからだ。

「……ルア、なぜお前がここにいる」

ステラは身を強ばらせるが、彼はこちらを無視する。その冷たい眼差しが射抜いているのは、ルアだった。

「ステラに、会いたくて……」

「私は許可をしていない」

「ごめんなさい、でも、僕……」

「お前も処分されたいのか？」

アティックの声は静かだったが、その目は怒りを宿している。それが恐ろしかったのか、ルアは大きく震えながら慌てて扉へと駆け寄った。

ルアは詫びるようにステラを見つめたが、アティックの厳しい一瞥により何も言えずに去っていく。

「……まったく、〝アレ〟の扱いは相変わらず難儀だ」

ルアが出て行った扉を閉め、アティックはステラと向き合った。

目の前にいるのは兄弟子のはずなのに、纏う雰囲気はかつてと大きく変わってしまっていた。

(この人は、こんなに冷たくて危うい人だったかしら……)

弟子たちを取りまとめ、魔法院とエデンを治めていたアティックは厳しいながらも穏やかな人だった。けれどステラを見つめる視線や表情からは、触れてはいけないような危うさを感じる。

だがそれに怯えて黙っていることはできない。

「なぜ、私をここに連れてきたんですか?」

「そう警戒するな、君のことは傷つけるつもりはない。……君のことは、な」

アティックは、ウェルナーのことは知っていると言外に匂わせている。

「ここに閉じ込められているのは、師匠のことを隠していた罰ですか?」

「いや、私は君を罰するつもりはないよ」

「ならここから出してください。そして師匠に会わせてください」

「それは無理だ。アレは、もう二度と目覚めない」

アティックの言葉に、ステラは思わず息を呑む。

「あの部屋には、ホムンクルスを眠らせる機能がある。ルアにはそれを作動させた」

「なぜそんな！」

「アレはもう我々の役には立たないからだ」

そう言うと、アティックが軽く指を振る。

次の瞬間ステラの手にかけられたのは、逃走を防止するための拘束魔法だ。

「君に見せたいものがある。ついてきたまえ」

微笑むアティックには有無を言わせぬ気配がある。

渋々後に続いたものの、部屋を出るなりステラは顔をしかめた。

（なんだか、魔力が薄くなってる……？）

魔法院やエデンがあるこの土地は魔力が豊かな場所だった。地上からあふれ出る魔力は多種多様な因子を有し、密度も濃い。魔法の研究と開発にうってつけだったのに、それが驚くほど薄くなっている。

「ここで、何かあったんですか？」

思わず尋ねると、アティックが僅かに目を見開く。

「ああそうか、君は魔力の感知能力が高いのだったな」

「……こんなに薄くなるなんて、何か事故が？」

「事故ではなく実験だ。おかげで、我々の悲願は達成された」

含みのある言い方に、ステラはテトの街を訪れたときのことを思い出す。

あのとき、魔力波はエデンから放たれていたように見えた。あれは何かしらの実験の余波だったのかもしれないと、アティックの言葉からステラは予測する。

大がかりな魔法の実験には、それだけ多くの魔力がいる。その結果、周囲の魔力を枯渇させてしまった事例は今までに何度もあった。

(何か、とても恐ろしいことが起きているような気がする……)

不安を覚えながらアティックに続くと、連れてこられたのは彼の研究室だった。

そこは、かつて足を踏み入れたときと様変わりしていた。

「これは……」

かつては整然としていた部屋は荒れ、ウェルナーが眠っていた白い部屋にあったのとよく似た装置や棺に似た箱が乱雑に並んでいる。

「あそこにいたということは、お前も師がホムンクルスであることは知っているな?」

ステラが戸惑いながら頷くと、アティックは箱の前に立った。彼が手をかざすと、あの部屋のものと同じように箱の上部が稼働する。

現れたものに、ステラは息を呑む。箱の中から姿を現したのは、ウェルナーだったのだ。

ステラは咄嗟に駆け寄ろうとするが、痛いほどの力で腕を摑まれ引き留められた。

「誤解するな。それは師とは似て非なる物だ。魂の宿っていない、ホムンクルスのなり損ないだよ」

「でも、師匠以外のホムンクルスは全て破棄されたって……」

「だから作ったのだよ。出来損ないの〝偉大な魔法使い〟にかわってな」

アティックは、出来損ないと呼んだホムンクルスの頬を愛おしそうに撫でる。

「ホムンクルスの創造は禁止されていたはずです」

「それは表向きだ。師もまた不完全であるとわかっていた故、太古より我々は――魔法院と呼ばれるこの場所でホムンクルスの創造と研究を秘密裏に行ってきたのだよ」

誇《ほこ》らしげに語る声からは、禁忌を犯したことに対する罪の意識は感じられなかった。

「世界はウェルナーの死によって混乱し、再び乱れようとしている。故に我々は、新しい〝偉大な魔法使い〟を作るべきなのだ。――ステラ、お前もそれに加わるべき一人だ」

「なぜ、私が……？」

「師から、魔法院はホムンクルスを管理し監視する組織だと教わらなかったか？」

「聞きました。でも……」

師への行いを思えば、そこに加担することなどできるわけがない。

「ホムンクルスである師の力と魔法そして知恵を正しく使い、世界を発展させること。古代の人々が犯した過ちを繰り返させないという使命こそ、魔法院の真の目的なのだから」

ステラも加われと、アティックの瞳が語っている。

古代文明が起こした過ちを思えば、それを回避しようとする志は立派だとは思う。けれどウェルナーにしてきた仕打ちを考えると、アティックの主張には腹立たしさを覚える。

「師匠は管理すべき物ではありません。彼にだって心が――意思があります。なのに自由を奪い、この場所に捕らえていたなんて、やはりおかしいです」

「アレには自由など不要だ。管理され、利用されるために生み出されたものなのだから」

言葉を重ねるにつれ、アティックの瞳に宿っていくのは怒りだった。声にも、それがじわりと滲み出す。

「そもそも、心を――意思を持つことが間違いなのだ。アレは化け物であり、ある意味では神にも等しい。それが自由意志を持ち、何かを望めば、平和は脅《おびや》かされ世界は歪《ゆが》む！」

叩きつけるように言うと、アティックはステラの腕を更に強く握りしめた。

「意思を、心を――願いを持ったホムンクルスは破棄される決まりだ。だからこの十年、私は師と協力して特殊な死の魔法を生み出す研究をしてきた」

「でも、あなただって昔は師匠を尊敬していたのでしょう？　それを殺すなんて……」

「確かに尊敬していたが、それ以上に私は彼を越えたかった。だが彼は人ではなく、越えることなど不可能な存在だ。それを知らされたときの絶望が、お前にはわかるまい」

確かにステラには、アティックの気持ちがわからない。

ステラはウェルナーに対して、純粋な尊敬と愛情しか抱いていなかったからだ。

でもそれは、なんの魔法の才能も持たなかったおかげだったのかもしれない。アティックを含め、ウェルナーの弟子たちは皆、師に追いつきたいと考えその人生を魔法の研究に費やしていた。

それほどまでの努力と情熱を注ぎ込んでもなお、自分の力は師に届かないと知ったら、ウェルナーに対して劣等感を覚えてしまうのは無理からぬことだろう。

だがそこまでは理解できても、アティックの考えに賛同できるわけがなかった。

「どんな理由があろうと、あなたがしていることは間違っている」

「間違いなどない。師を殺し、師よりも優れたホムンクルスを生み出す。それこそが師を越える唯一の方法であり、彼の一番弟子としての責務だ」

拳を握りしめるアティックは、己の行動が正しいと心の底から信じ切っているようだった。その瞳に潜む狂気に、ステラはぞくりと震える。

「それに私だけではない。師がホムンクルスだと知る弟子たちの大半は私と志を共にし、この研究に賛同している」

得意げに言いながら、アティックは自分が創り上げたというホムンクルスにもう一度手を伸ばし、愛おしそうに触れる。その様には歪んだ欲望が滲んでいる。

兄弟子への尊敬の気持ちは崩れ去り、かわりに大きな恐れをステラは抱く。この兄弟子から逃げたいと思うが、摑まれたままの手は離れない。

「ステラ、お前も我々の仲間になるのだ」

そうすることが当たり前だという顔で、アティックが笑う。

「お前には我々に加わる資格もある」

「資格……？」

「師の肉体の一部を利用したせいか、創造したホムンクルスたちには師の名残りが多い。彼らもまたいびつな心を持ち、故に欠陥も多いのだ」

値踏みするようにアティックがステラを見つめる。

「なぜか目覚めたホムンクルスは、どれもがお前の名を呼ぶ。お前を求め、側にいないとわかると絶望し瞬く間に崩壊してしまうものまでいる始末だ」

「なぜ、私を……」

「これは仮説だが、肉体の一部を利用したことでホムンクルスたちは全て師と何かしらの繋がりを持っているのだろう。そのせいで、新しく生み出したホムンクルスにも影響を与えていると我々は考えている」

その仮説から、ウェルナーが生きている可能性も導いたのだとアティックは笑う。

「生きているなら利用しようとも考えたが、アレは自我が強すぎる。死の魔法もきかないのであれば、眠らせるほかない」

「そのために、ルアまで利用したんですか」

「ルアもまた、生み出したホムンクルスの一つだ。欠陥が多くいずれ破棄するが、それまでは利用して当然だろう」

「あんな子供まで、道具として扱うなんて酷すぎます……！」

当然の怒りだったが、アティックはステラの反応に不思議そうな顔をする。

「失敗作は破棄されるのが世の定めだ。……まあ、ルアのおかげで良いデータも取れたから他の失敗作よりは長く利用してやるつもりではあるがな」

そう言うと、アティックがステラの頬を優しく撫でた。その手つきから、ステラのことも道具のように思っているのを感じる。

「ルアのおかげで、お前が側にいるとホムンクルスの状態が安定するということがわかった。理由はわからないが、それも含め研究を進める準備も整っている」

「私は、絶対に協力しません」

「拒否権があるとでも？」

不敵な笑みを浮かべながら、アティックの手が宙を掻く。その指先に魔力が集まっているのを感じた次の瞬間、ステラは腹部に激しい痛みを感じた。先ほど部屋で見たような魔法の印が不気味な光を放ちながら浮かび上がっている。

「抵抗すれば、苦しむことになるぞ」

「こんなものを施されても、私は……」

抵抗の言葉は激しい痛みを引き寄せ、ステラは悲鳴を上げながら頽れる。

「提案を受け入れよ、さもなければその痛みは引かぬ」

協力の意思を見せよとアティックは迫るが、ステラは頑なに頷かなかった。

(私は、もう誰も……師匠みたいな目に遭わせたくない……)

利用するために生み出され、価値がなければ破棄される。

そんな命を生み出すことに協力したくないという思いは、揺るがなかった。

決意と共に痛みが強まり、意識はもうろうとし始める。

アティックが「抵抗はやめろ」と怒鳴る声が聞こえたが、ステラは痛みで気絶する最後の瞬間まで決して首を縦には振らなかった。

第九章

かつて長い眠りについていたとき、ウェルナーは夢を見なかった。

あるのはただ、静寂と無のみ。

その中をたゆたいながら、訪れない目覚めに心を乱すこともなかった。

（……ス……テラ……）

けれど今は、静寂が酷く苦しいとウェルナーは感じる。意識の欠落が長くなり、時間の感覚がなくなるにつれ、ウェルナーが覚えたのは恐怖だった。

眠りにつかされてから、どれほどの時間が経ったのか。

感覚的にはまだほんの少しだが、前回はさほど眠った感覚もないのに五百年も経っていた。同じことが起これば、ステラはもう生きてはいない。

（ス……テラ……）

眠りに抗おうと、ウェルナーは心の中で何度も何度も彼女の名を呼ぶ。

そのせいか、ウェルナーは生まれて初めて夢を見た。

『その子を弟子にするというのは、本気ですか？』

夢の中で、ウェルナーは幼いステラを抱いていた。安心しきっているのか、彼女はすやすやと眠っている。

それを唖然とした顔で見ているのは、アティックだった。

（……ああそうか。これは、ステラを拾った直後のことだ）

人間は過去に起きた出来事を夢として見るという。同様のことが自分に起きていることを不思議に思っていると、過去をなぞるようにウェルナーの身体は勝手に動き、ステラに頬を寄せる。

『ああ、俺はこの娘と共にありたい』

『ご自分が、何をおっしゃっているかわかっているのですか!?』

『わかっている』

『いいえ、わかっていない！　あなたは今、人のように自分の望みを口にしたのです！　それが禁忌だと知っているはずなのに！』

アティックの言葉に、ウェルナーは全て理解していると頷いた。

（そうだ、このとき俺は全部理解していた。ステラと共にありたいと望めば、破棄されると……）


それでも彼女をどこか遠くにやるなんて考えられなかった。

それに当時はまだ、己の望みの大きさを理解していなかった。

ほんの少しだけ、彼女といられればそれでいい。その後破棄されるなら、それでもいいと考えていたのだ。

『欠けた心で人に執着すれば、いずれ他のホムンクルスたちのように間違いを犯すでしょう』

『そうなる前に、破棄すればいいだろう。その方法も、お前は編み出しつつあるのだろう？』

尋ねれば、アティックが目を見開いた。

『お前が、俺を殺す魔法を研究しているのは知っている』

『……知っていて、黙認していたのですか？』

『お前は俺を越えることを望んでいただろう。そして師というものは、己を越えようとする弟子に手を貸すものだと教わった』

ウェルナーはステラを抱いていないほうの手をアティックに差し出す。

『研究には俺も手を貸そう。そのかわり、魔法が完成するまでこの娘を側に置きたい』

『……あなたは、残酷な人だ』

『側に置けば、この娘はあなたに情を持つでしょう。いずれくる別れに、彼女はきっと苦しみます』

アティックの言葉に、ウェルナーは同意しなかった。

『俺に情を持つなどあり得ない。現にお前だって、俺のことを憎み嫌っているだろう』

『それは……』

『この子も、皆やお前のように俺を嫌うようになるだろう。むしろ俺の死を喜ぶかもしれないな』

ステラに嫌われる日を想像すると、胸の奥に不快なものがこみ上げてくる。

今思うと、それは悲しみだったのかもしれない。ステラはもちろん、アティックや弟子たちに死を願われるのは辛いことだったのだ。

けれど当時のウェルナーは、それがわかっていなかった。

『そうですね。……私はきっと、あなたの死を喜んで受け入れるでしょう』

ウェルナーの手を取ったアティックの顔は、どこか恍惚《こうこつ》としていた。

『どうか私に、師を殺す名誉を』

ひざまずく弟子の姿に、ウェルナーは静かに頷いた。

死を望まれることに、そのときはなんの疑問も抱かなかったのだ。

しかしステラと暮らすうちに、ウェルナーは少しずつ変わり始めた。

抱いてはいけない望みが、彼女の側にいると増えていくのだ。

ウェルナーの望みは、最初はどれもささやかなものだった。

ステラに触れたい、抱きしめたい、笑顔が見たい。

でも口に出してはいけないと、ずっと我慢していた。

けれど望みや願いは次第に増えていき、ステラが大きくなるにつれ、彼女にだけはそれを伝えるようになっていた。

特に彼女に面倒を見てもらうようになってから、ウェルナーの願いは日増しに増えた。

思えば、誰かに世話を焼かれるのは初めてだった。

そもそも彼は食事や睡眠といったものをあまり必要としない。あれば稼働時間が延びるが、倒れても誰も心配などしないため、与えられた仕事を不眠不休で行うのは常だった。

ステラはそんなウェルナーを心配し、料理を作り入浴や睡眠を取るように取り計らってくれた。

彼女の手料理を食べるようになって、ウェルナーは初めて食の喜びを知った。

そしてホムンクルスの自分にも、好き嫌いがあるのだとわかって驚いた。

嫌いな物を食べたくないと、初めて我が儘が口からこぼれたとき、自分がそんなことを言うとは信じられなかったほどだ。

そうした些細《ささい》な感情や望みを、口にするのは心地がよかった。

望みが叶っても叶わなくても、自分の言葉にステラが向き合ってくれるのが嬉しかった。

同時に死ぬべき理由が増えていくことに、少しずつ焦りも抱いていたように思う。

でも幸か不幸か、ウェルナーを殺せる魔法はなかなか完成しなかった。

本当にウェルナーを殺すべきなのかという疑問も、ウェルナーの正体を知る弟子の中から出始めた。

ウェルナーの願いは、孤児の少女を育てたいという人道的なものだ。それを抱いただけで殺すのはおかしいと、最初に唱えてくれたのはネフィアだった。同様に考える弟子たちもいて、アティックはその説得にも苦心していたように思う。

だが結局反対派の弟子たちも殆どアティックに懐柔された。ネフィアと意見を共にする魔法使いたちの多くは左遷され、研究を理由に僻地《へきち》に飛ばされる者も多かった。

そうして反対意見を潰せても、死の魔法の研究は上手くいかず、アティックは焦りで少しずつ憔悴《しょうすい》していたように思う。焦りと苛立ちをぶつけるように、彼はウェルナーの身体に試作した破滅の魔法を浴びせかけた。

そのたびに身体を破壊されたが、そのどれもが死を与えるまでには至らなかった。

未完成の魔法は激痛を伴い、時には回復に時間がかかることもあった。ステラと会って以来、ウェルナーはほぼ毎晩のように魔法をその身に受けてきた。

辛い日々だったが、耐えられたのはステラが側にいてくれたからだろう。

そのときの光景が夢として蘇り、ウェルナーは彼女への愛おしさを募らせる。

心配をかけないように、死の魔法に関する実験のことは彼女には言わなかった。

結果睡眠不足だと嘘を吐いて寝込んでいたウェルナーを、ステラはいつも心配し、叱ってくれた。

『無理のしすぎはだめだって言ったじゃないですか！』

倒れるたび、ステラは泣き顔で甲斐甲斐しく看病してくれた。

『お願いですから、ご自身を大事にしてください。もし何かあったら、私は……』

ステラの涙を見るのは辛いが、心の奥では泣き顔を喜んでしまう自分がいた。

そして彼女がいつまでも自分を心配してくれるようにと祈らずにはいられなかった。

『俺が死んだら、悲しいか？』

『当たり前じゃないですか！　私はずっと、……ずっと師匠といたいんです！』

その言葉に、たぶんウェルナーは救われていた。

だからウェルナーは、更に大きな望みを抱いてしまったのだ。

(死にたくなかった。俺はステラと生きたかった)

けれど魔法院では、それは叶わない。

死の魔法はウェルナーを殺すに至っていないが、弟子たちの多くは自分が人間らしくなっていくことに恐怖を抱いていている。

ステラと共にいたいと願っていていても、賛同してくれる味方はネフィアたち少数になってしまっていた。

弟子たちの不安の矛先が、ウェルナーに心をもたらしたステラに向くのも時間の問題で、故にここではない別の場所でやり直したいと思うようになったのだ。

(でもたぶん俺はやり方を間違えた。……脅威は、しっかりと取り除くべきだった)

死ねば追っ手は来ないと思ったが、きっと死の偽装はバレていたのだろう。

ネフィアにも言われたが、自分は思慮が浅すぎたと悔やむ。

後悔は、穏やかな夢を消し去りウェルナーを再び静寂と闇の中へと突き落とす。

静寂は、ウェルナーの意識だけでなくステラとの思い出や愛情さえも奪おうとしているように思えた。

何も考えずに眠れ。ホムンクルスらしく、願いや感情を持たぬ人形に戻れと言われているような気がする。

でも、それを正しいと思っていたウェルナーはもういない。

(……ふざ……けるな)

ステラへのこの想いは、自分のものだ。

共に生きたいと願う心を奪われてなるものかと、激しい怒りがウェルナーの内に渦巻く。

怒りにより、ウェルナーは己の身体に魔力が戻ってくるのを感じた。

意識は眠ったままだが、肉体が眠りに抗おうとしているのだろう。

（……そうか、怒りか……）

それはきっとホムンクルスが抱いてはならぬものだと理解していたが、ステラを取り戻すためならもはやためらいはない。

感情にまかせて魔力を放ち、ウェルナーは眠りを乱暴に遠ざける。

次の瞬間静寂が消え、まばゆい光が視界を焼く。

「……まずい、目を冷ますぞ！」

同時に、聞き覚えのある声が聞こえてくる。

身体を起こしながら声がするほうを見れば、見覚えのある弟子たちが立っていた。

ウェルナーの正体を知り、監視者としての役目を担うアティック直属の部下である。

彼らの手が拘束の魔法を使おうとしているのを見て、ウェルナーはゆっくりと指を動かす。

（……ああ、やはり最初からこうするべきだったのだ）

次の瞬間、部屋にいた弟子たちは忽然と消えた。

かわりに残されたのは服の残骸と、そこからこぼれる大量の灰のみである。

身体に刺さった管を引き抜きながら、ウェルナーはその灰を一瞥した。

足の裏に張りつく灰は、死の魔法によって砕かれた弟子たちの肉体だ。ウェルナーを殺せなかった魔法だが、普通の人間であれば魂さえ残らない。

「……結局、アティックの言う通りになってしまったのね」

震える声の主に指先を向けたところで、ウェルナーは集めた魔力を霧散する。

「邪魔だから消したが、お前にもそうするべきか？」

ウェルナーの鋭い眼差しの先にいたのは、ネフィアである。

唖然とした顔で固まるネフィアを見て、ふとウェルナーは首をかしげた。

「……怪我をしているのか？」

ウェルナーを見つめるネフィアの髪は乱れ、服はボロボロである。

手足からは血が流れていて、軽い怪我ではなさそうだった。

「アティックにやられたの。あいつ、突然ここにやってきてステラを……」

「まさか、ステラに何かしたのか……！」

「連れて行かれたのよ。乱暴に扱うつもりはないってアティックは言っていたけど、阻止しようとしたら、このザマ……」

苦しげに呟き込み、ネフィアがその場に膝をつく。その目からは、少しずつ生気が失われていた。

ウェルナーが手にかけなくても、ほどなく彼女は死ぬだろう。ならば放っておくべきかと考えたとき、不意にステラの顔が浮かぶ。

（……ネフィアが死ねば、きっとステラが悲しむな）

それに彼女は今までずっとウェルナーの味方だった。今も同じなら、話を聞いたほうがいいと思い直し、ウェルナーは傷を癒やす魔法をネフィアにかける。

途端にネフィアの傷は癒え、幼い顔に苦笑が浮かぶ。

「……てっきり、私も殺されるかと思った」

ネフィアがほっと息をつく。だがその声は、普段より強ばっている。そして灰と化した弟子たちにチラチラと視線を向けていた。

「ためらい、欠片もなかったわね」

「そんなことより、ステラのことを話せ」

「そんなことって……」

何か言いかけたが、そこでネフィアは言葉と考えを振り払うようにかぶりを振る。

「いや、あんたにしてきたことを思えば、この結果は当然かもしれないわね」

ネフィアは、ウェルナーを見上げた。

「たぶん、あんたが生きていることを気づかれていたんだと思う。それに私があれこれ探ってたことも……気づかれて……いて……」

突然、ネフィアが頭を押さえる。異変を確認するためにウェルナーが目をこらして見れば、彼女の頭には魔法の名残が張りついている。ネフィアの額に手をかざすと、禍々しい魔力が指を刺した。

どうやら、思考の妨害や記憶障害を引き起こす類の魔法がかけられているようだ。それも、かけられてからかなり時間が経っている。

「探っていたところを、アティックに見つかり逃げてきたと言っていたな」

「そうよ。あいつはホムンクルスの研究を本格化させていて、それをあんたに伝えようとしたところで捕まって……」

「本格化？　あれは、全く進んでいない研究だったはずだが？」

「そうとは思えない熱の入れようだったの。テトの街を襲った魔力波も、ホムンクルスの起動実験が原因だったようだけど、詳しいことを調べようとしたら……」

説明を続けようとするがネフィアのろれつが回らなくなっていく。

「無理に思い出そうとするな。お前は今、記憶の一部を封じられているようだ」

それはウェルナーでもすぐには解けないもので、下手に思い出そうとすれば苦痛を伴う魔法に違いなかった。故に危機を促したが、ネフィアは怪訝そうにしている。

「私そういう魔法には耐性があるのよ。心を操る魔法はかかりにくいし、だから今回だってわざわざ探りに……」

「かかっているのは、記憶と思考を僅かに封じる魔法だ。心を操ったり暴く魔法とは種類が違うし、かけられていることに気づかせない細工も施してある」

結果本人が意図せぬまま、ネフィアはアティックの駒にされたのだろう。

ホムンクルスが別にいるとしたら、月への転移魔法が使われる恐れがあるとネフィアならすぐ思い至る。なのにその可能性に全く気づかず、危機感も抱いていなかった。

その後こちらの隙を突くように敵が現れたことを思えば、全てアティックの計算のうちだったのだろう。

(この分だと、たぶんアティックは俺の不調も読んでいた。いずれこの場所に来ると予見し、殺すかわりに眠らせようと考えていたに違いない)

転移魔法同様、ここの装置も人の手にあまるものだが、ホムンクルスになら操作は可能だ。

アティックは賢い男だから、完成の見込みのない死の魔法は諦め、ウェルナーを無力化する方向に転換したのだ。

「賢いが、同時に愚かだな……」

よりにもよって、アティックはステラを連れ去った。

その償いはさせなければと考えながら、ウェルナーはすぐさま転移魔法を発動させる。

魔力の流れからその行き先を察したのか、ネフィアが慌てだした。

「待って、さすがにいきなり本拠地に乗り込むのは無謀よ。あんたの秘密を知る弟子たちはほぼ全員アティックの味方よ」

「それの何が問題だ？」

「いくらあんたでも、百人以上の魔法使いを相手にするのは……」

「相手になどしない」

転移魔法を発動させながら、もう片方の手でウェルナーはすでに死の魔法を組み立て始めている。

「対峙する間もなく殺せばいいだけだ」

ためらいもなくウェルナーは言い切ると、ネフィアの顔に恐怖が宿ったことに気づきもせず、冷ややかな微笑みを残して忽然と姿を消した。

◇◇◇　◇◇◇

「成功です！　彼女の魔力を与えた途端、ホムンクスルに反応が！」

遠くから、誰かの興奮した声が聞こえる。いくつもの歓声が重なり、喜びの声はステラの意識をゆっくりと呼び覚ました。

ぼんやりと目を開けるが、視界は定まらない。しかし自分を取り囲むように、大勢の魔法使いが立っていることだけはかろうじてわかる。

そのうちの一人が、そっとステラの頬を撫でた。不快な気持ちになったが、身体はピクリとも動かない。

（……これは、魔法……？）

身体の自由だけでなく、意思さえも奪うものが自分にはかけられている気がする。

抵抗したいが、唯一動くのは瞳だけ。それさえ緩慢で、視線を動かすだけで目眩がする。

「ああ、起きたか」

目覚めたステラに気づき、顔を覗き込んできたのはアティックだった。

頬を撫でているのも彼だと気づいて顔が強ばると、兄弟子がおかしそうに笑う。

「そんな顔をするな。いい子にしていれば、悪いようにはしない」

アティックが指を動かすとステラの身体を倦怠感が襲う。どうやらステラの魔力を無理やり吸い出しているらしい。

急速に魔力が失われ、意識が再び混濁し、視界が闇に覆われる。魔力が枯渇しかけていると気づいたが、制止の声を出すこともできない。

（息が……でき、ない……）

魔力不足により心肺機能に異常が出たのか、ステラは引きつけを起こした。

異常に気づいた誰かが慌てて処置をする気配がするが、体調は全く改善しない。

（でも、このまま利用されるくらいなら、いっそ……）

楽になりたいと思っていると、ふと師の顔が浮かんだ。

ずっと側にいてほしいと、一人で残していくなと告げるその顔にはっとする。

(やっぱり、だめだ……。死んだら……師匠とは、二度と会えない……)

少なくとも、ウェルナーはまだ死んではいない。眠らされてはいるが、今もまだ空の向こうにいるのだ。

ウェルナーを、ずっと一人だった彼を、孤独の中に置いてはいけない。

ステラは無意識のうちに、ぐっと拳を握りしめていた。

(あの人を、もう一人にしたくない……)

それだけはだめだと強く思うと、身体の内側から何かがわき上がってくる。途端に呼吸が楽になり、ステラは大きく息を吸った。

「おい待て、なんだこの魔力は……!」

ステラの魔力反応にアティックと他の魔法使いたちが慌てて近づいてきた。

だが突然、そのうちの一人が忽然と姿を消した。

更に一人、もう一人と姿が消えていく中で、アティックが目を見張る。

「……くそっ、ウェルナーか!!」

アティックが憤怒の声を上げたときには、その場に残る魔法使いは彼一人となっていた。

何が起こっているのかと戸惑っていると、ステラの額に馴染みのある温かな掌がそっと触れる。同時に、身体を拘束する魔法の全てが解けた。

「よかった、無事だな」

ステラに触れたのは、眠っているはずのウェルナーだった。

自由になった腕を伸ばし、抱きしめたぬくもりは幻ではない。

(よかった、今度は本物だ……)

彼が本当にいるとわかると涙がこぼれ、身体が安堵に震える。

「待たせてすまない」

「私のことより、師匠はご無事ですか……?」

「ああ、無事だ」

優しく抱きしめ返され、ステラはより強く師に縋りつく。

「……そんな、どうして休眠から目覚めたんだ!」

再会を喜ぶ二人から、ジリジリと後ずさっていたのはアティックだ。

理解できないと言いながら髪をかき乱し、彼は殺意と共に何かの魔法を紡いでいた。

「別に特別なことはしていない。目覚めたいと、ステラに会いたいと望んだだけだ」

ステラに向ける甘い表情とは違う鋭く険しい表情で、ウェルナーはアティックを睨む。

「今更ながら、お前たちが危惧していた気持ちもわかる。望みというのは、確かにホムンクルスの力を高めるようだ」

ゆるりとウェルナーが指を動かすと、アティックの身体が乱暴に宙に持ち上げられる。

「死の魔法は咄嗟に防いだようだが、それだけでは俺には勝てない」

「ま、て……、話を……」

「聞くと思うのか？　俺の話は一度も聞こうとはしなかったくせに」

持ち上げられたアティックの喉元が、禍々しい魔力によって締めあげられる。呼吸ができなくなったのか、アティックは胸を掻きむしりながらうめき声をこぼした。

「お前たちはステラを傷つけた。その罪を、死によって贖え」

仰ぎ見た師の顔は、憎悪に歪んでいた。ウェルナーはアティックを殺すつもりなのだと気づいたが、止める間もなくアティックの首の骨がボキリと折れる。

力の抜けた身体は地に落ち、二度と動くことはないと一目でわかった。

あまりに容易く死を与えるウェルナーに唖然としながらも、ステラは恐怖ではなく悲しみを覚えた。

(アティックたちが恐れていたのは、きっとこれだった……)

ウェルナーが人間に近づかないようしていたのは、きっとこういう悲劇が起きないようにするためだった。

ホムンクルスの力はあまりに強い。望めば、こうも容易く命を奪えるのだ。

だからこそ、そうした考えを持たないように、誰かの死を望まないようにと、命令に従順な人形のままでいさせようとしたのだろう。

けれど彼は望んでしまったのだ。ステラに仇なす者への死を。

「結局、俺は化け物のままか」

息絶えたアティックを見つめながら、ウェルナーがぽつりとこぼす。

彼の心は不完全だ。それでも自分がしでかしたことに、何も感じていないわけではないのだろう。

未熟な心に寄り添うように、ステラはウェルナーを抱きしめる。

「ごめんなさい。私のせいで師匠の手を汚させてしまった」

「いや、元から汚れていた手だ」

なだめるように、ウェルナーがステラを抱きしめる。

「だがこの手を俺はもう放せない。お前が俺を恐れても、憎んでも、放してやれない」

声はかすれ、不安からか震えていた。喪失の恐怖を彼から感じ、それを消したいと願ったステラは、先ほどよりも強くウェルナーを抱き寄せる。

「たとえ汚れていても、私には大事な手です」

優しく微笑み、ステラは彼と手を重ねる。

「それに師匠の心は私が与えたようなもの。だとしたら、あなたの心が願った死の責任は、私にもあります」

だからこれでいいのだと目で訴えれば、ウェルナーはおずおずとステラの髪に顔を埋める。

「俺の罪はこれで終わらないかもしれないが、いいのか？　もしまたお前に何かあれば、たぶん俺は同じことを繰り返す」

「なら、繰り返さないように努力しましょう。それでも罪を重ねてしまったときは、私も共に背負います」

それが自分の役目だと、ステラは思った。

共に背負う覚悟を伝えようと頭を撫でていると、ウェルナーの強ばっていた身体がほぐれていく。

「それに私だって、あなたと離れるのは嫌です。今だって、アティックの死にほっとしている自分がいる」

アティックだけではない。他の魔法使いが消えたのも、師の魔法によるものだろう。とても恐ろしいことだけれど、もうウェルナーを苦しめる者はいないのだと安堵する気持ちは止められなかった。

(師匠だけじゃない。私の心だって残酷で、きっとどこかおかしい)

ウェルナーと同じく、大勢の命よりたった一人の愛のほうが大事なのだ。

危うい考えだが、ステラはその気持ちを否定しなかった。

世界や人の命よりもお互いを優先する。それがウェルナーとステラの愛なのだから。

「家に帰りましょう、師匠」

ウェルナーを苦しめていた場所から一刻も早く立ち去りたいと願うと、彼は転移魔法を紡ごうとした。

だが、ウェルナーは突然魔力を霧散させる。彼が険しい視線を向ける先には、アティックの死体の側にしゃがみ込むルアがいた。

「どうやら、殺すべきものはまだ残っていたらしい」

ルアに魔力を向けようとするウェルナーを、ステラは咄嗟に止めた。

「止めるな。あれは、危険なものだ」

「危険なのは承知です。……でも」

アティックが生み出したホムンクルスにはウェルナーとの繋がりがあると言っていたのを、ステラは思い出す。

「彼はたぶん、あなたでもあるんです」

ルアはきっとウェルナーの一部でもあるのだ。だからステラはルアに親しみを抱いたのだろう。

「あの子はあなただから、殺してはだめだという気がするんです」

「……確かにこのところ何者かとの繋がりを感じていたが、なるほど」

警戒を解いたウェルナーは、ルアの側にゆっくりと近づいていく。

ルアもそれに気づき、顔を上げた。

二人は、じっと見つめあう。言葉はなく、表情さえ何も変わらない。

長い沈黙にステラが不安を覚えていると、不意にウェルナーは手を伸ばした。それにルアが手を重ね、二人はステラを振り返る。

「確かに、彼と私はとてもよく似ているようだ」

言い切るウェルナーに、ステラは驚く。

「特に話してもいないのに、わかるんですか？」

「俺たちは何かが繋がっているらしい。だからルアの言葉がわかった」

断言するウェルナーを見上げながら、ルアもこくんと頷いている。

「なら、ルアはあなたになんて言ったんですか？」

「願いは、俺と同じだと」

そう言ってウェルナーがステラを抱きしめると、ルアもまた彼女の腰に縋りついてくる。

全身でステラが好きだと訴えてくるところは、確かにそっくりだ。

「なら、三人で帰りましょう」

ステラの提案に、よく似た顔が同時に大きく頷いた。

第十章

『偉大な魔法使いの帰還と、重すぎる代償』

そんな見出しが躍る新聞を、ステラは小さなカフェのカウンターで眺めていた。

テトの街で買い出しの途中、売られていた新聞が気になって購入しておいたのだ。

休憩がてら記事に目を通せば、書かれていたのは一月ほど前に起きたウェルナーとホムンクルスを巡る騒動に関する記事だ。といっても、事実の大部分は伏せられていたけれど。

『偉大な魔法使いの帰還は多くの人々を喜ばせ、同時に落胆させる結果となった。

魔法院は昨日の会見で、彼の死には魔法院に在籍するウェルナー氏の弟子たちが関わっていたことを明らかにした。ウェルナー氏を殺したとされる魔法は、彼の一番弟子アティックによるものだった。

ウェルナー氏は辛くも一命を取り留めたものの、肉体の損傷が激しく僻地で療養を強いられていた。そんな中、アティックは偉大な魔法使いの死を発表し、魔法院の乗っ取りを企てたのである。

だが世を混乱に陥れた代償は、高くついたようだ。

アティックを含め、乗っ取りに関わった魔法使いは実験中の事故で消失。魔法院を有するエデン一帯は魔力を枯渇させ、今後百年は学問都市としての役目を果たせなくなるだろう。ウェルナー氏の代理人であるネフィア女史は「師は魔法院とエデンの再建を考えている」と発表したが、ウェルナー氏の傷は未だ完全に癒えていないと語る関係者もいた。

復興への道のりは険しいようだが、偉大な魔法使いがそれを成し遂げてくれるのを我々は祈っている』

記事を読み、ステラは少し苦い気持ちになった。

現在、生き残った弟子たちとネフィアが騒動の鎮静化にあたっている。

だがホムンクルスの存在と、アティックたちを殺したのがウェルナーであることは伏せつつ、周囲を誤魔化す筋書きを作るのは容易いことではなかった。

皆が苦心し、更にこれ以上世界が混乱しないためにはどうすべきか協議していたとき、『俺が生きていたことにしろ』と言い出したのはウェルナーだった。

てっきりもう二度と表舞台に立ちたくないのだと思っていたが、彼曰く『偉大な魔法使い』として働くことは別に苦ではないらしい。

（元々魔法の研究や開発は好きそうだったから、それを仕事にするのはいいんだけど……）

ステラが不安に思っているのは、ウェルナーの帰還を喜ぶ世論だ。

記事を見る限り、世界は『偉大な魔法使い』がいれば全て上手くいくと思っている節がある。

たった一人がいなくなるだけで回らなくなる世界など、健全とは言いがたい。今後も、ウェルナーには日々重圧がのし掛かるだろう。

今の彼はそうしたものを気にしないが、今後心が成長すれば重圧を苦に思うようになるかもしれないとステラは不安に思う。

彼が『偉大な魔法使い』以外の生き方を選びたいと思ったとき、それを選択できる世の中であってほしいとステラは思わずにいられなかった。

（……いや、むしろ私たちがそういう世界にしていかないと）

少なくともネフィアはステラと同じ考えを抱いてくれている。生き残った弟子たちも、概ね二人と同じ意見だ。そんな彼らと協力し、魔法院の立て直しと世論の変革を行っていこうと、ステラは一人決意を新たにする。

「すまない、待たせた」

声と共に手にしていた新聞がさっと奪われて、顔を上げたステラは間抜けな顔で固まってしまった。

なぜなら、普段とはまるで違う装いをしたウェルナーが立っていたからだ。

「そ、その格好……」

「ああ、ネフィアに突然着せられたのだ。諸外国の要人との会合に出るにあたり、装いを整えたほうがいいと言われてな」

窮屈そうに首を撫でているウェルナーは、長かった髪をバッサリと切っていた。

式典用のローブを纏い、その下には正装用のスーツを身につけている。衣服を着崩したがるウェルナーにしては珍しくネクタイもしっかりと締め、ベストのボタンもきちんと留めていた。

（ど、どうしよう……すごく格好いい……）

正装を見たのは初めてではないけれど、胸の高鳴りはかつてとは段違いだ。

ステラは真っ赤になった顔を慌ててうつむかせるが、すぐさま伸びてきた指に顎を摑まれ上向かされてしまう。

「……なるほど、ネフィアが今日は一日この服でいろと言っていた意味がわかった」

「い、意味？」

「この服は、お前の可愛い表情を引き出すらしい」

軽く口づけられ、ステラは更に真っ赤になった。

ウェルナーの目元に危うい色香が灯る。さらなる口づけが降ってくる気配も感じて、ステラは慌ててカウンター席から降りた。他の客たちもウェルナーに気づき始めているし、公の場でいちゃつくわけにはいかない。

「と、とにかく帰りましょう。師匠に言われていた買い出しもすみましたし」

「そうだな。ここではしたいこともできない」

「し、したいことって？」

「決まっているだろう」

艶を帯びた視線に囚われ、ステラはウェルナーの望みを理解する。

（さ、最近の師匠……色気と欲望がダダ漏れすぎて困る……）

先の一件以来、ウェルナーはステラを常に側に置き、ふれ合いにも熱心だ。今日のように用事があるときは別々で過ごすが、毎回渋々である。

離れている時間が長いほど「ステラが足りなくなった」と翌日のふれ合いが執拗になるため、普段はなるべく一緒に過ごしているくらいだ。

その結果、今日のような特別な会合を除けば二人はいつも一緒で、最近はウェルナーの補佐役として、生活面だけでなく仕事面でも支える場面が多くなった。

昔は『ふさわしくない』と言われることも多かったが、彼女を疎ましく思っていた弟子たちの殆どが消えた今、ステラのことを悪く言う者はいない。

師がホムンクルスであることを知っている者たちは彼女の重要性がわかっているし、知らない弟子たちは、相変わらず自由すぎるウェルナーを唯一手なづけられる存在として重宝してくれている。

また二人が恋仲なのも、今や周知の事実だ。

ウェルナーは全く隠さないし、ネフィアが冗談めかして「ステラに手を出したら師匠に殺されるからね」と触れ回ったせいで、もはや夫婦扱いである。

気恥ずかしさを感じることも多いが、以前よりもずっと魔法院での居心地はよくなった。

「そういえば、学問都市の移転先はルドラに決まりそうだ」

店を出たところで、ウェルナーがステラと手を繋ぎながら告げる。

「確かに、あそこは魔力も豊かですしね」

「お前との思い出の土地だから、ここがいいとネフィアたちに言ってきた」

「そ、そんな理由で推したんですか……!?」

「あそこは一年を通して暖かいから必然的に薄着になる。ステラの肌がたくさん見られる点でもルドラがいいと言ったら、誰も反対しなかった」

しなかったのではなく、呆れてできなかったのではないかと思わずにはいられない。

後日ネフィアからからかわれるだろうなとため息をついていると、ウェルナーが不安そうに顔を覗き込んでくる。

「ルドラは、嫌だったか？」

「いえ、いいと思います。選んだ理由には物申したいところがありますけど」

「ちゃんと他と比較もしたぞ」

何を基準に比較したのか若干不安になったが、本当にだめならネフィアあたりが止めているだろう。

「魔法院や都市が移転したら、私たちの生活もまた変わりそうですね」

「しばらく忙しくなるだろうが、お前と過ごす時間は減らさない」

絶対にと豪語するウェルナーに、ステラは微笑みながら寄り添う。

「私も減らしたくないので、前みたいにお仕事を詰めすぎちゃだめですよ」

また倒れるようなことがあってはならないと考えていると、そこで急にウェルナーの腕がステラを抱きしめる。

「ちょっ、外はだめです！」

「お前が、可愛いことを言うのが悪い」

「か、可愛いこと!?」

「俺と一緒にいたいと言うときのお前は、可愛すぎてどうかしている」

そんなことをウェルナーが大真面目に言った次の瞬間、二人を取り巻く景色が様変わりし、ステラは最果ての地にある庵の寝室でベッドに押し倒されていた。

ウェルナーはすぐさまキスの雨を降らせようとするが、彼女は心を鬼にして師の頬を手で挟んで止めた。

「怒っているのか？」

「転移魔法のような、魔力を大量に使う魔法はまだ禁止だって言いましたよね？」

「別にもう、使っても問題ない」

「でもネフィアの許可は出ていないでしょう。だから今度やったら、一日キスなしです」

途端に、ウェルナーがおやつを取り上げられた子供のような顔をする。

しゅんとしているのを見ているのは辛いが、これは師のためなのだ。

彼の力は回復傾向にあるが、まだ絶頂期の状態に戻ってはいない。

「俺の不調の原因だった複製品はもういないぞ」

確かに不調の原因は、アティックが行ったホムンクルスの複製だと調査にあたったネフィアは言っていた。

ウェルナーの身体の一部を使ったせいで精神と魔力の繋がりが生まれ、ウェルナーの魔力は絶えず他のホムンクルスへと流れてしまっていたのだ。

調査の結果、ルア以外のホムンクルスは命を宿すまでには至らなかったようだが、その状態でもウェルナーの魔力は奪われ続けてしまうらしく、命のない入れ物は破棄されることとなった。

おかげで魔力の流出は減り、現在は体調に支障が出るほどではない。

だが強い繋がりは危険でもあるからと、現在ネフィアがウェルナーとルアの繋がりを断つ方法を研究している。

それが落ち着くまでは魔力を使いすぎるなと言われているが、ウェルナーはたびたび言いつけを破るのだ。

「それでも、念には念をですから」

「すまない、一刻も早くお前とここに戻りたくて」

「気持ちはわかりますが、街にある転移装置を使ってください」

「わかった、以後気をつける」

一応反省はしているようなので、ステラは溜飲を下げる。

だが途端に服をまさぐられ、慌てて制止をかけた。

「いや、さすがにまだだめです」

「なぜだ」

「昼間だし、ルアが起きているから」

連れ帰って以来、ルアは庵で共に暮らしている。彼はステラにべったりで、ウェルナーと抱き合っていても関係なくくっついてくるのだ。

(この前も、抱き合ってるところに乱入されて恥ずかしかったし……)

以来そういうことは、ルアが眠った後にしようと決めていたのである。

「だから今は……ンッ！」

だめだと言おうとしたのに、問答無用で唇を塞がれる。

巧みなキスはステラから言葉と抵抗を奪った。相も変わらず、ステラはウェルナーのもたらす甘い快楽に弱いのだ。

「だめ……、なの、に……」

長いキスの後、上気した頬を押さえながら訴えるとウェルナーが満足げに笑った。

「案ずるな。今日はルアに邪魔されることはない」

「えっ……？」

「あいつはネフィアのところでお泊まりだ」

邪魔されずにステラと過ごしたいとネフィアに相談したら、一日預かってくれることになったと師は笑う。

「そ、そういうことは先に言ってくださいよ」

「言うつもりだったが、キスしたい気持ちを止められなかった」

それは今も同じらしく、さっそく二度目のキスを落とされる。

先ほどよりは短いものだったが、ステラの身体はすぐに蕩けてしまう。

唇が離れると、ウェルナーに柔らかな微笑みを向けられる。見慣れたもののはずなのに、いつもよりドキドキしてしまうのは、髪型と服のせいだろうか。

「……今日の師匠は、格好よすぎて困ります」

「なら、今日は服を着たままにするか」

「し、心臓が持ちません！　それに私だけ裸になるのは余計に恥ずかしいですし……」

「ふむ」

何かを思案するように、ウェルナーがステラをじっと見つめる。顔だけでなく手や足まで観察している様子に不安を抱いていると、彼はゆっくりと手を持ち上げる。

「なら、二人してめかし込めば問題ないな」

ウェルナーは指先に魔力を集め、ステラの服をドレスへと変化させた。

真っ白なそれは、まるでウェディングドレスのようだ。大きく開いた胸元には白いバラを模した飾りが咲き誇り、短めのスカートもまた花びらのように美しく広がっている。

「あ、あの、これは？」

「少し前に、ネフィアが見せてきた雑誌にこういうドレスの写真や絵が載っていてな。その中で、ステラに一番似合いそうなものを選んでみた」

これなら恥ずかしくないだろうと、得意げな顔をするウェルナーにステラは苦笑を浮かべる。

（これ、絶対ウェディングドレスだ）

結婚前に着てもいいのだろうかと一瞬悩むが、今更常識に囚われても仕方ないかとすぐに思い直す。相手はウェルナーだし、いつかしてくれるであろうプロポーズもとんでもないものになる予感がしている。

ならば美しいドレスが着られたことを喜ぼうと考え、ステラは手触りのいい生地に指を走らせた。

「気に入ったか？」

「はい、すごく！」

「他にもお前に似合いそうなドレスがたくさんあったから、今日から毎日着せてやろう」

「毎日着るには、ちょっと豪華すぎません？」

「でも俺は、お前の美しい姿をたくさん見たい」

ウェルナーは再び魔法を使い、ステラの髪型までいじってしまう。自分ではよく見えないが、長い髪は綺麗に結い上げられティアラのような飾りもついているようだ。

「魔法、あんまり使いすぎちゃだめですよ」

「問題ない。それに心配なら、魔力を分けてくれてもいいぞ？」

ウェルナーの指が太ももをなで上げる。そこでステラは気がついた。

「あ、あの！　下着が……！」

「ドレスの下は、見ていないからわからなかった」

「だからって、元々穿いていたものまで、魔法で消すことないでしょう！」

「どのみち脱がせるのだし、問題なかろう」

しれっとした顔で、ウェルナーはドレスの下へと指を這わせた。

ステラの花弁を守るものはなく、師の指が入り口を妖しく撫でる。

「……あっ、ッ……」

陰唇をくすぐる指の動きは、想像よりもずっとゆっくりだった。

あえて焦《じ》らすように襞の間をなぞられ、じわじわと愉悦を引き出される。

「ん、もっと……、ッ……」

「どうしてほしい？」

わかっているはずなのに、ウェルナーはあえて尋ねてくる。

最近の師は、以前より意地悪な問いかけやふれ合いが増えている気がする。

ステラに淫らな懇願をされるのが好きらしく、不敵な笑みを向けながらじっとこちらの反応を窺っていた。

「はやく……、欲しい……です」

そしてステラも、意地悪な師が嫌いではない。むしろ淫らに懇願することに、どこか興奮している自分がいる。

未だネフィアの薬の効果も残っているのか、ウェルナーを求める気持ちが高ぶると自ら誘うような行動に出てしまうが、最近は戸惑いを感じなくなっていた。彼にならどんな姿を見せてもいいと、今も誘うようにドレスの裾をたくし上げる。

「おねだりができる良い子には、褒美《ほうび》をやろう」

ウェルナーは満足げに頷き、ステラの脚を摑んだ。

「あっ……！」

持ち上げたつま先に口づけをした後、彼は彼女の膝を立てる。先ほど同様、焦らすように、ステラの入り口を広げ始めた。

「あッ、……はやく……っ、お願い……ッ」

懇願するが、今日のウェルナーは微笑むだけで聞き届けてはくれなかった。

褒美をやると言ったのに、嬌声に泣き声が混じるまでじれったい愛撫やキスを繰り返し、欲しいものをなかなか与えてくれない。感じる場所を知り尽くしているはずなのに、あえてそこを攻めずにじわじわとステラを追い詰めていく。

絶頂の兆しが来ると手を止められ、ヒクヒクと淫らに震える様を彼は満足げに見つめさえした。

「……ウェルナー……ッ、おねがい……」

理性をグズグズに溶かされ、腰を揺らしながら希えば、ようやくウェルナーはズボンをくつろげた。

「俺のが、欲しいか？」

「……欲しい、……はやく、繋がり……たいの……」

ゆっくりと覆い被さってくるウェルナーの首に腕を回せば、彼はステラの唇を優しく奪う。こちらもまた妙にじれったく、あまりの物足りなさにステラのほうからぐっと舌を差し入れてしまう。

はしたないと思いつつも、ステラはウェルナーに何度も何度も口づけた。口の端から唾液がこぼれるのもいとわず、舌を絡ませ喉を鳴らす。

「……ああ、ステラ……ッ」

キスの合間に、ウェルナーが甘い声をこぼす。彼の瞳は愛欲に濡れ、獲物に食らいつこうと身構える獣のように歯を食いしばっていた。

直後、腰をぐっと引き寄せられ、いきなり楔を深々と打ち込まれる。

この瞬間を待っていたとはいえ、突然のことにステラは全身を強ばらせた。

「すまない、痛んだか……？」

問いかけに、なんとか首を横に振る。

ステラの中はもう、ウェルナーの形を覚えきっている。焦らされたせいで隘路からは蜜があふれ出し、中はグズグズに蕩《とろ》けきっていて、受け入れる準備はもうずっと前から整っていたのだ。

「……びっくりした、だけ……です……」

「焦らされるステラは可愛いからゆっくりするつもりだったのだが、お前のキスが素晴らしすぎて我を忘れた」

「もっとはやく、我を忘れてほしかったです……」

焦らしすぎだと拗ねれば、ウェルナーが詫びるように口づけてくる。

「機嫌を直してくれ。ここからは、お前の望むようにする」

「じゃあ、もっと……」

激しくと言いかけて、気恥ずかしさに真っ赤になる。

願いを口にはできなかったが、ウェルナーがぐっと腰を揺さぶった。

「お前の望みは、ちゃんと察している」

「……あっ、そこ、ッ、もっと……」

「お前を激しく愛してやる。そして共に、快楽に果てよう」

「はい、ッ、一緒……に……」

先ほどのじれったさが嘘のように、ウェルナーは激しく腰を穿つ。

荒々しい口づけも再開し、二人は舌と身体を絡ませながら上り詰めていく。

ステラはすぐさま達しそうになるが、ウェルナーと共に絶頂を迎えたい気持ちから、襲いくる快楽を必死にやりすごす。

ステラの願いを察したのか、ウェルナーは己を高めるように腰つきを速めていく。激しく突かれるたび、彼の魔力が流れ込んでくるのを感じた。そのせいで身体の内側が溶けていくような感覚に、ステラは身もだえる。

自分が自分でなくなっていくような気さえしたが、恐怖はない。

たぶん、魔力だけではなく愛情もまた注がれているとわかっているからだろう。

「ウェルナーッ、ああっ、好き、……ッ、大好き……ッ」

だから彼が欲しい。愛を、魔力を、彼自身を自分の中に刻みつけてほしい。

そんな気持ちで彼に縋りついていると、中を抉る彼のものがより逞しさを増していく。

「俺もステラが……、お前が好きだ……ッ」

キスと愛の言葉を重ねながら、二人は激しさの中で上り詰める。

隘路に激しい熱が放たれると同時に、ステラは声にならない悲鳴を上げて絶頂を迎えた。

魔力を伴った愛液は膣からこぼれるほどだったが、太ももを濡らすその感覚さえ甘美なものだった。

「俺たちは、ずっと一緒だ……」

法悦《ほうえつ》に飲まれ、身体を震わせるステラをウェルナーはきつく抱きしめる。

彼の囁きを捉える余裕はなかったけれど、求められていることは本能でわかる。

だからステラもできる限りの力を込めて、彼を抱きしめた。

「永遠に一緒だ……」

二人は口づけを再開し、お互いを求めあう。二人を邪魔するものはもはやなく、幸せと愉悦だけがステラたちを満たしていた。

◇◇◇　◇◇◇

窓から差し込む月明かりに、ステラの美しい寝顔が照らされている。

それをしばし眺めた後、ウェルナーはベッドから抜け出した。音を立てぬよう寝室を後にした彼は、その足でサロンへと向かう。

最近増えた新しい転移装置の前に立ち、彼はそっと指先に魔力を集めた。

ステラに禁止されていた魔法を使い、ウェルナーが向かった先は遙か空の彼方。かつて囚われていた月の施設である。

以前とは違い、ここには生き残ったウェルナーの弟子たちが数人滞在している。

その中にはネフィアもおり、師の来訪に彼女は驚いた顔をした。

「もしかして、ルアを迎えに来たの？　あの子ならまだ寝てるわよ？」

「いや、ステラが寝てしまったから仕事をしに来ただけだ」

答えながら、他の弟子たちにも軽く会釈をする。

ここに人が集まるようになったのは、魔法院とエデンを再建するためだった。古代文明の技術を改めて研究し、それを用いた都市と研究施設を作る計画が持ち上がったのである。

計画の責任者であるネフィアもここに滞在しており、彼女に懐いたルアもよく出入りし研究に協力しているようだ。

それはウェルナーも同様で、彼は古代文明の情報が入った端末を操作する。

そんな彼の横に、ネフィアが不思議そうな顔で並んだ。

「でも驚いた。てっきりあと二日はステラにべったりだと思っていたのに」

「そのつもりだが、夜は側にいると彼女の睡眠を妨害しそうになるからな」

今のウェルナーには睡眠が必要なく、意識していないとステラを延々と抱いてしまう。

それでは彼女の身体によくないとわかっているのに、近頃は欲望を抑えきれないときもあるので、夜はステラから離れるようにしていた。

その間に古代文明の施設を訪れ、そこに残された魔法技術の研究と継承を行うのが最近の日課になっている。

「でも、目が覚めて側にいなかったら、ステラが寂しがるわよ」

「彼女のことは手に取るようにわかる。睡眠の状態も把握しているし、目覚めの兆候があればすぐに戻る」

ウェルナーが言うと、ネフィアは呆れたようにため息をつく。

「色々と突っ込みたいところはあるけど、ちょうどよかったわ。あんたに少し話があるの」

「もしや、ルアの話か？」

「あの子は問題ないわ。あんたとの繋がりはだいぶ薄くなっていて、自己も芽生え始めてる」

「それは、ステラが喜ぶな」

「話はね、そのステラのことなの」

途端に、ウェルナーの顔が強ばる。

「彼女に何か問題が？」

「問題っていうか懸念が少しね。実はあの子に、命を延ばす薬をもらえないかって頼まれたのよ」

「それの何が問題だ？」

尋ねると、ネフィアは呆れるようにため息をついた。

「あなたと違って、人間の身体は永遠に生きるようには作られていないのよ。私の薬は命を延ばせるけど、この通り完璧じゃない」

そう言って、ネフィアはいつまでも若い自分の身体を指さす。

「でも、若いことはいいことなのでは？　お前は、永久に若くありたいから命を延ばす魔法の研究を始めたのだろう？」

「私は美しくてピッチピチの十七歳でいたかったの」

「七歳でもいいじゃないか」

「じゃあステラが七歳になってもいいの？　激しく愛しあえなくなるわよ」

七歳のステラも可愛いとは思うが、それはゆゆしき問題だ。

「ただ、あの子がそう願う気持ちもわかるの。ステラがいなくなったら、あんたは絶対おかしくなるだろうしね」

「否定はできない」

最近は感情も落ち着いているが、ステラを攫《さら》われたときの怒りはまだ心の底に燻《くすぶ》っている。いつまた彼女との平穏が脅かされるかと不安もあり、あえて自分が生きていることにしろと言ったのも、もう二度と誰かに己の生存権を握らせないためだ。

偉大な魔法使いという存在は、この世界の平和と発展の要である。

それが失われれば世は混乱に陥り、争いが増えるだろう。

だからウェルナーは、あえて表舞台に戻ることにしたのだ。ネフィアやステラたちと魔法院を再編し、今度こそ彼女と幸せな日々を送るのが今の目標である。

そのためにステラの寿命が延びることは、ウェルナーにとっては重要なことだ。

「わかった、寿命についてはは俺のほうでなんとかしよう」

「なんとかって、そう簡単にできるものじゃ……」

「いや、すでに種はまいてある」

ウェルナーの言葉に、ネフィアが怪訝そうに首をかしげる。

「というより、無意識にまいていたというほうが正しいかもしれないな」

「無意識って、あんたステラに何を……」

「改変だ。ステラの命と肉体を、俺の魔力によって作り替えている」

ウェルナーの言葉に、ネフィアが信じられないと言いたげな顔をする。

「命の改変なんて、そんなのできるわけが……」

「実際もうすでに実現している。このところ、ステラの魔力が増えているのは知っているだろう？」

その原因は、ネフィアの使った薬だとウェルナーは考えていた。だがいくら調べても薬の効果は消えている。

それに気づいて調査した結果、ステラの魔力の性質が、自分の魔力と酷似していることに気づいたのだ。

「そういえばあの子、ルドラで転移魔法を起動させてた……」

「あのとき、俺はまだ装置に魔力を注いでいなかった。なのに起動したのは、彼女の魔力が俺と同質のものに変わっていたからだろう」

またステラは実験台にされていたとき、アティックの魔法を自力で解きかけていた。以前の彼女の魔力量を思えば、絶対に起こりえない事象である。

「でも、そんなことをしてステラの身体は大丈夫なの？」

「問題はない。最初は無意識だが、今はしっかりと管理してる」

「管理って、他人の身体を作り替えるなんて許されることじゃないわ！」

「確かに、ホムンクルスを作り出すのと同等の禁忌と言えるかもしれないな」

肉体だけでなく、今やウェルナーはステラの命そのものを作り替えているにも等しい。

永遠の命を与え、自分に縛りつけようとしているのだ。

「だが、俺と生きることをステラも望んでくれている」

「だからって……」

「お前や人間に許しを求めてはいない。俺はステラと永遠に生きると決めたのだ」

ウェルナーの望みは、もう誰にも邪魔させない。

もし阻む者がいるとしたら、たとえネフィアでも容赦しないだろう。

「アティックがあんたを恐れた理由、今更だけどわかってきたわ」

「なら、邪魔はするなよ」

「したくても、できないわよ」

苦い顔をしているネフィアに、念押しをすべきかと迷う。

だが言葉を重ねかけたとき、ウェルナーはステラが目覚める気配を感じた。ネフィアはまだ何か言いたげだったが、それを無視して転移魔法を発動させる。

自分がベッドにいないとわかれば、彼女は心配するし寂しがるだろう。それだけは回避せねばと俺へと戻ってきたウェルナーは、ステラが目覚める前にベッドに潜り込む。

(よかった、間に合ったな……)

恋人が目覚めるのを、ウェルナーはじっと見守った。

「……起きて、いたんですか……?」

寝ぼけ眼で尋ねてくる恋人に、ウェルナーはまずキスを落とす。

「ああ、君の寝顔を見ていた」

答えると、ステラが恥ずかしそうに顔まで毛布を押し上げる。

「なぜ隠す」

「だって、じっと見ているから」

「もっと見たい」

「だめです……。だからほら、師匠も寝てください」

そう言ってウェルナーにくっついてくるステラは可愛いかった。

そのままキスや淫らなふれ合いをしたくなったが、ウェルナーが側にいると安心するのか、彼女はまた寝息を立て始める。

（今日は、朝までこうしているか）

何もせず抱き合っているのも、なんだか悪くない。

そう思いながら、ウェルナーは愛おしい少女を腕の中に閉じ込める。

ステラのぬくもりは、言葉にはできない幸せな気持ちをもたらしてくれる。

けれど幸せな気持ちは、危うい欲望をももたらすものだった。

（ようやく手に入れたこの幸せは、誰にも──時間にも、奪わせはしない）

そのためにもステラを己に近づけようと、ウェルナーは特別な魔力を潜ませた口づけを柔らかな唇に重ねた。

甘い口づけの裏にある欲望に気づかないステラは、穏やかな寝顔のままだ。

その表情が曇らぬように、自分と永遠を生きることを拒まないようにと願いながら、ウェルナーは口づけを繰り返した。

エピローグ

――こうして、偉大な魔法使いは再び蘇り、その後何度も世界を救ったのでした。

そんな言葉で締めくくられた絵本を読み上げていたステラは、腕や足に寄りかかる小さな子供たちに優しい微笑みを向けた。

「さあ、今日のお話はこれでおしまい。みんなベッドに入って」

「えー、もういっかい！」

「もう一回、ウェルナーさまのお話読んで！」

ステラを取り囲んでいた五人の子供たちはむくれている。

その顔に愛らしさを覚えていると、彼らのまとめ役であるルアが「ステラを困らせないで」と子供たちをベッドに追い立てた。

「ありがとう、ルア」

「これくらい、お安いご用だよ」

微笑みを返してくれるルアは、かつての幼さが嘘のように凛々しい青年に成長した。

愛らしかった顔は精悍《せいかん》になり、昔の名残があるのは瞳の色くらいだ。

本来ホムンクルスは成長をしないが、大人になることを望んだ彼はネフィアの元で修行をし、長い時間をかけて青年の姿を手に入れたのである。

成長した彼は顔立ちこそウェルナーに似ているが、最近は髪を染めているので雰囲気はだいぶ違う。

「みんなのことは僕が見ておくから、母さんは早く戻って」

申し出に頷きつつ、なんだか今日はルアの言葉にこそばゆい気持ちになる。それが顔に出ていたのか、ルアが小さく首をかしげた。

「ずいぶんご機嫌みたいだけど、何かあった？」

「〝偉大な魔法使い〟の本を読んだせいか、あなたと出会ったときのことを少し思い出していたの。だから改めて『母さん』って呼ばれると嬉しくて」

「もうずいぶん前からそう呼んでるのに、今更すぎない？」

「でも時々こういう気持ちになるの。ルアが来てくれて嬉しかったこととか、ウェルナーと出会って幸せだったときのことが蘇ってくるのよね」

そのたび、ステラは懐かしくてちょっと切ない事件のことも思い出すのだ。

（あれから、もうずいぶんと長い時間が経ったな……）

ぼんやりそんなことを考えていると、ルアが急かすようにステラの肩を揺すった。

「それより、早く戻って。ここに長居すると、きっと父さんが拗ねるよ？」

ルアの言葉に、ステラは思わず噴き出す。

「あの人、まだまだ子供みたいよね」

「父さん、下手したら僕たちよりずっと子供だから」

確かにと頷いて、ステラは座っていたソファーから立ち上がる。

子供たち一人一人にお休みのキスをして、ステラは子供部屋を後にした。

それから夫婦の寝室に向かおうとしたステラの脚に、突然何かが抱きついてくる。

子供たちが追いかけてきてしまったのかと慌てたものの、視線を落としたステラはあきれ果てた顔になる。

「……なぜ、その姿なんです？」

くっついていたのは、子供の姿のウェルナーだった。

幼い顔に拗ねた表情を貼りつけ、ステラの太ももにグリグリと頬を押しつけている。どうやらルアの予感は当たったらしい。

「最近、お前は子供たちにばかりかまっているだろう。だから俺も子供になれば、相手をしてもらえるかと思ってな」

「こ、子供に張り合わないでくださいよ！」

呆れつつも、ぎゅっと縋りついてくるウェルナーを無下にはできない。

仕方なく小さな身体を抱き上げれば、満足げな顔で抱きつかれた。

「久々だが、やはり抱っこはいいな」

「子供たちの前ではやらないでくださいよ。みんなあなたを尊敬しているんですから、夢を壊さないでください」

相変わらずおかしなことをしでかすウェルナーだが、彼は子供たちにとっては英雄なのだ。

ウェルナーは今も〝偉大な魔法使い〟として、この世のために尽くしている。

その活動の一環として、彼は親を亡くした子供たちを支援する活動をしていた。

ステラのような子供を増やしたくないと始めた活動で、金銭的な援助はもちろん場合によっては家族として子供たちを引き取っている。先ほど、彼女が絵本を読み聞かせていた子も、その活動で引き取った子供たちだ。

活動を始めて以来、二人は多くの子供たちを育ててきた。

子供たちは皆、ウェルナーとステラを実の両親のように慕ってくれている。

ルアを育てるときに色々と勉強したおかげか、ウェルナーもこう見えて子供の相手をするのが上手い。ただ何年経ってもステラが大好きすぎるせいで、子供たちに嫉妬をしたり、こうして子供返りすることもあるけれど。

「やはり、ステラの抱っこは格別だな」

「相変わらず、あなたは抱っこが好きですね」

「ああ、大好きだ」

恍惚としている顔は、以前より更に人間らしくなった気がする。そのせいで若干変態的に見えたりもするが、懐かれるのは悪い気はしない。

(何年経っても、私は師匠に甘いなぁ)

何年どころか、最初に抱っこをせがまれてからもうすでに、数え切れないほどの月日が流れている。けれど気持ちは今もウェルナーと恋人になった頃と変わらず、彼への気持ちは色あせていなかった。

「……でも、くっついているだけでは物足りないな」

そんなことを言ったかと思えばウェルナーは腕から飛び降りた。次の瞬間、見慣れた凜々しい顔がステラを見下ろし、逞しい腕に強く抱き寄せられる。

「抱っこもいいが、キスがないと物足りない」

言うなり唇を奪われ、ステラはその甘さに目眩を覚える。

「い、いきなりするのは……ずるいっていつも言ってるじゃないですか……」

むくれてみるが、ウェルナーは嬉しそうにステラを見つめるばかりだ。

「いつまで経っても、ステラは恥ずかしがり屋だな」

「あなたが甘すぎるせいです」

「甘い夫は嫌いか？」

「嫌いなわけないでしょう」

「なら、抱っこをせがむ夫は？」

「呆れる気持ちはありますが、嫌いじゃないです」

むしろ可愛いと思ってしまったのが、恋の始まりだった。

今思えばなんとも奇妙で奇天烈な状況だったが、おかげで二人の今がある。

「でも、たまには私も抱っこされたいかも」

「まかせろ」

抱き上げられ、子供にするようにぐるぐると回される。

目が回ると訴えながらも、ステラもまた子供のようにはしゃいだ。

その声に気づいて起きてきた子供たちにもみくちゃにされるまで、偉大な魔法使いは最愛の妻と無邪気に笑いあう。

幸せで温かな日々は、一点の曇りもなく輝いていた。

あとがき

『死に戻り魔法使いの無垢な求愛』を手に取って頂きありがとうございます。八巻です！

「これはショタですか？」「いいえ、三百歳越えの変態です」

そんな感じのコメディを、今回は書かせて頂きました！

年齢がコロコロ変わるなど、特殊設定満載だったにもかかわらず、ＯＫを出してくださった編集様、本当にありがとうございます！

そしてショタなウェルナーからイケオジなウェルナーまで、すべてを素晴らしく素敵に描いてくださった吉崎《よしざき》ヤスミ先生にも大変感謝しております！　ありがとうございます！

今回も残念なイケメンが暴走するお話ですが、楽しんで頂けましたら幸いです！

八巻にのは

Sonya
ソーニャ文庫

この本を読んでのご意見・ご感想をお待ちしております。

◆ あて先 ◆

〒101-0051
東京都千代田区神田神保町2-4-7 久月神田ビル
㈱イースト・プレス　ソーニャ文庫編集部
八巻にのは先生／吉崎ヤスミ先生

死《し》に戻《もど》り魔《ま》法《ほう》使《つか》いの無《む》垢《く》な求《きゅう》愛《あい》

2022年8月8日　第1刷発行

著　　者　八巻《はちまき》にのは
イラスト　吉崎《よしざき》ヤスミ
装　　丁　imagejack.inc
発 行 人　永田和泉
発 行 所　株式会社イースト・プレス
〒101－0051
東京都千代田区神田神保町2－4－7 久月神田ビル
TEL 03－5213－4700　FAX 03－5213－4701
印 刷 所　中央精版印刷株式会社

ISBN 978-4-7816-9728-4
定価はカバーに表示してあります。

Sonya ソーニャ文庫の本

『竜王様は愛と首輪をご所望です！』 八巻に

イラスト 成

Sonya ソーニャ文庫の本

『魅惑の王子の無自覚な溺愛』 八巻にのは

イラスト アオイ冬子